변혁 1990

20

천지무천 장편소설

FUSION FANTASTIC STORY

변혁 1990 20권

천지무천 장편 소설

초판 1쇄 찍은 날 § 2016년 7월 8일
초판 1쇄 펴낸 날 § 2016년 7월 15일

지은이 § 천지무천
펴낸이 § 서경석

편집책임 § 고승진

펴낸곳 § 도서출판 청어람
등록번호 § 제1081-1-89호
등록일자 § 1999. 5. 31
어람번호 § 제1-2481호

주소 § 경기도 부천시 원미구 심곡2동 163-2 서경B/D 3F (우) 14640
전화 § 032-656-4452 팩스 § 032-656-4453
http://www.chungeoram.com
E-mail § chungeorambook@daum.net

ISBN 979-11-04-90888-0 04810
ISBN 978-89-251-3388-1 (세트)

변혁
1990

천지무천 장편소설

20

FUSION FANTASTIC STORY

Contents

Chapter 1

　빌류 광산 사태를 정리한 후 사하공화국의 자원개발과
연관되어 노바테크의 가스전 사업을 위해 사화공화국 정부
관계자들을 연달아 만났다.

　슈티로프 대통령과의 만남 이후 모스크바로 다시금 돌아
가려고 할 때쯤 정보 하나가 들어왔다.

　야쿠츠크 중심가에 있는 레나 호텔에 수십 명의 낯선 인
물이 머물고 있다는 정보였다.

　문제는 그들 모두가 젊은 사내들로 마피아나 군인으로
추정된다는 첩보였다.

사실 볼거리가 부족한 야크츠크에 젊은 사람들이 한꺼번에 방문한다는 것은 이례적인 일이었다. 관광객들이 방문을 하지만 수십 명이 한꺼번에 몰리지는 않았다.

　더구나 이들은 호텔 방에 주로 머물고 몇몇 인물들만 외부로 나간다는 점이 의심을 주고 있었다.

　이들의 등장으로 인해서 나는 야크츠크를 떠나지 못했다.

　"사람을 붙여 지켜보고 있습니다."

　김만철의 말이었다.

　"타격대가 출발하지 않은 것이 다행이었네요."

　코사크의 타격대가 타고 갈 비행기가 날씨로 인해 연착되어 출발이 하루 미루어졌다.

　"예, 저희가 예상한 인물들이라면 이곳의 경찰이나 광산 경비대로는 해결하기 힘들 것입니다."

　현지 경찰조직에는 모스크바처럼 경찰특공대와 같은 조직이 없어 강력한 범죄 조직에 대응하기에는 힘에 부쳤다.

　"러시아는 하루빨리 치안력이 회복되지 않으면 험난한 길을 걸어갈 것입니다."

　"여기가 모스크바였으면 놈들은 엉뚱한 생각조차 하지 못했을 것인데 말입니다."

　김만철의 말처럼 모스크바에서는 나와 연관된 회사를 건

드린다는 것은 꿈도 꿀 수 없는 일이 되었다. 하지만 이곳 사하자치공화국에서는 아직 그만한 힘을 보여주지 않았다.

척박한 환경으로 인해 큰 이권과 연관된 사업이 많지 않은 사하공화국에는 마피아 조직도 다른 도시나 공화국보다 활발하지가 않았다.

"이곳 또한 그렇게 만들어야 합니다. 모스크바보다 더욱 철옹성과 같은 곳으로 말입니다."

앞으로 사하공화국도 북한의 신의주 특별자치구와 같은 역할을 할 수 있게끔 할 계획이다.

내 의지와 생각한 대로 모든 일을 할 수 있게 말이다.

"코사크의 역할을 이곳까지 확대해야 하는 것이 아닌지 모르겠습니다."

"그래야 할 것 같습니다. 알로사와 노바테크도 코사크야 계약을 통해 보호를 받게 해야겠습니다."

두 회사의 핵심 시설들이 이곳에 있었다.

범죄 조직의 활동이 활발하지 않은 사하공화국에 굳이 코사크의 대원들을 파견할 생각을 갖지 않았었다.

그때였다.

코사크 대원이 들어와 낯선 인물들의 움직임에 대해 보고를 했다.

"예상한 대로 레나 호텔에 머무는 인물들은 마피아였습

니다. 놈들은 플레카트라고 사하공화국과 극동 아시아의 몇몇 도시를 주 무대로 활동하는 마피아 조직입니다. 놈들은 빌류 광산 주변을 맴도는 것을……."

플레카트의 목적은 빌류 광산에서 새롭게 발견된 핑크 다이아몬드였다.

핑크 다이아몬드는 한 개에 수십만 달러에서 수백만 달러를 넘어서는 값어치를 지닌 물건이다.

돈이 되는 것이라면 불나방처럼 달려드는 마피아들이 그냥 지나칠 리 만무했다.

최근에 한국인들의 피해 중 가장 큰 사건은 한 종합무역상사가 모스크바 사무실에 있던 금고를 도둑맞았다.

금고 안에는 미술품을 구매하기 위해 모스크바로 가져온 수십만 달러의 현찰이 들어 있었다.

적어도 네다섯 명의 장정이 함께 들어야 가져갈 수 있는 무거운 금고를 건물 6층에 위치한 사무실에서 옮겨 간 데는 상당한 규모의 인원이 동원됐을 게 분명한데도 목격자나 단서를 찾지 못하고 있었다.

또한 모스크바 치안 당국도 애써 범인을 찾으려 하지 않고 있었다.

이것이 러시아의 현실이었다.

마피아는 대범했고 요구 조건을 들어주지 않는 모스크바

의 한 병원을 향해 대낮에도 휴대용 대전차미사일을 발사하기까지 했다.

*　　　*　　　*

"오늘 밤 자정을 디데이(D—day)로 잡았습니다."

탁자 위에 올려진 지도를 보고 있는 인물은 모두 다섯 명이었다.

이들은 빌류 광산을 목표로 삼은 플레카트의 핵심 행동대원들이었다.

"경찰은?"

무리를 이끄는 카말이 물었다.

"미화로 500달러를 건넸습니다. 오늘 순찰은 오후에 한 번뿐입니다."

"침입 루트는?"

"정문과 함께 왼쪽 루트입니다. 왼편에 자리 잡은 통신시설을 파괴하면 외부로 도움을 요청할 수 없을 것입니다."

작전 계획을 수립한 인물이 빌류 광산의 지형이 그려진 지도를 가리키며 말했다.

"경비원의 무장 상태는?"

"자동소총이 전부입니다. 염려했던 중화기는 없었습니

다. 하지만 침입 중에 다소간 희생이 따를 것 같습니다."

"큰일에는 언제나 희생이 따른다. 다이아몬드가 있는 장소는?"

"광산 내에 A3에……."

탁자에는 어떻게 구했는지는 모르지만 빌류 광산 내부 지형도가 펼쳐져 있었다.

그러나 그들이 지금 나누고 있는 말들이 모두 도청되고 있다는 사실을 모르고 있었다.

이미 호텔 직원으로 변장했던 코사크 대원에 의해서 도청장치가 그들이 묵고 있는 방에 설치된 상태였다.

*   *   *

이대수 회장은 자신의 서재에서 저녁놀이 지는 한강을 바라보고 있었다.

그리고 그 뒤편에는 이대수 회장의 생일을 맞이해서 다시 한국을 찾은 이수진이 우려낸 청차(靑茶, 우롱차)를 따르고 있었다. 청차는 부드러운 꽃향기와 달콤한 과일향이 두드러지는 차이다.

그 때문인지 서재에는 향긋한 차 내음이 퍼져 나갔다.

"공부는 할 만하냐?"

"예."

"힘들면 말해라."

"힘들지 않아요."

"중호가 널 반만 닮았어도 좋았을 텐데……."

뭔가 아쉬운 듯 이대수가 이수진을 바라보며 말했다.

"오빠도 잘하고 있는데요."

"잘하는 것은 누구나 할 수 있는 거야. 그 이상을 해야지만 대산을 이끌어갈 수 있다. 강태수는 그 이후로 만나 봤느냐?"

이대수가 궁금한 듯 물었다.

"아니요, 통화만 몇 번 했어요. 아빠처럼 워낙 바쁜 사람이잖아요."

이수진이 청차가 담긴 찻잔을 이대수의 앞으로 내밀었다.

"그렇긴 하지. 지금은 러시아에 가 있는 것 같더구나. 네가 볼 때는 어떤 것 같으냐?"

이수진에게 처음 물어보는 질문이었다. 그동안 강태수에 대해서는 아무런 말을 묻지 않았었다.

"능력을 떠나서 인간적으로 매력적인 사람이에요. 남을 배려할 줄도 알고……."

"우리 공주님께서 마음에 드는가 보구나?"

찻잔에 담긴 청차를 음미하며 이대수가 물었다.

"그럼 뭐 하겠어요. 그 사람에게는 여자 친구가 있는데."

이대수의 말에 이수진은 아쉬운 마음을 드러냈다.

"하하하! 우리 수진이에게서 이런 모습은 처음 보는구나. 강태수가 정말 난놈이긴 하네. 우리 공주님의 마음을 뺏은 걸 보니 말이다."

이대수는 재미있다는 표정으로 크게 웃으면서 말했다. 이대수도 자신의 딸인 이수진이 웬만한 인물에게는 꿈쩍도 않는다는 걸 잘 알고 있었다.

그리고 그런 이수진의 행동을 이대수는 당연하다고 여겼다.

"그래서 그냥 포기할 거냐?"

"생각 중이에요, 저만 애타는 것은 싫거든요. 내가 좋아한 만큼 절 사랑해 주어야 하잖아요."

향긋한 차를 입으로 가져가며 말하는 이수진의 표정은 진지했다.

"그건 그렇지. 하지만 사랑은 그냥 기다리고만 있으면 이루어지지 않는다. 적극적으로 다가가고 행동해야만 내 것이 되는 거야."

"후후! 아빠가 그래서 엄마를 차지하신 거예요?"

"그때는 네 엄마 외에는 내 눈에 아무도 들어오지 않았다. 오로지 네 엄마만 있으면 세상을 다 가질 수 있겠구나 했지."

"그런데 요새는 왜 엄마하고 만나지 않으세요. 이젠 함께 하셔도 될 텐데요."

"글쎄다. 아직 시간이 좀 더 필요할 것 같구나."

이대수는 부인과 별거 중이었다.

"전 한평생 변함없이 저만을 사랑해 주면 다른 것은 아무것도 바라지 않을 거예요. 그런 사람을 만나야겠지만……."

"하하! 강태수는 그럴 것 같으냐?"

이대수는 이수진의 말에 웃으면서 말했다.

"그 사람은 그럴 수 있다는 생각이 들어요. 그래서 더 조심스러워요. 지금 그렇게 사랑하고 있지 않을까 해서요."

"한 사람을 진정 사랑할 줄 알고 거기다가 놀라운 경영 능력까지 보이는 남자라면 매력적이지. 한번 쟁취해 봐. 그러면 앞으로 대산의 절반을 네가 움직일 수 있을 것이다."

이대수는 이수진에게 제안을 하듯 말했다.

"절반을 주신다면 해볼게요."

이수진은 이대수의 말에 환한 이를 드러내며 말했다.

*　　　*　　　*

레나 호텔에 머물던 인물들 모두가 밤 11시에 일제히 호텔을 나섰다.

매서운 바람이 불어오는 밤거리는 한산했고 사람들은 일찌감치 잠자리에 들었는지 건물에 불을 켜놓은 곳이 드물었다.

수십 명의 인물들은 미리 마련해 놓은 미니버스와 지프에 올라탔다.

그리고 곧바로 북쪽으로 빠르게 내달렸다.

그들의 움직임을 모두 지켜보고 있던 한 인물이 어디론가 전화를 걸었다.

"놈들이 움직였다고 합니다."

전화기를 내려놓으며 김만철이 말했다.

"그럼 슬슬 그들을 맞을 준비를 하지요."

나를 비롯한 코사크의 타격대는 빌류 광산에 일찌감치 도착해 있었다.

12명의 광산 경비대와 별도로 30명의 코사크 타격대가 광산 주변에 포진해 있었다.

이미 광산을 습격하려는 마피아들의 침입 루트도 모두 파악된 상황이었다.

마피아들은 지금 범의 아가리로 고개를 들이밀려는 중이

었다.

이와 별도로 사하공화국 내의 경찰들은 플레카트의 나머지 조직원들을 체포하기 위해 준비 중이었다.

조직의 핵심적인 인물들이 광산에서 괴멸되는 순간 플레카트 조직 또한 사라질 것이다.

—토끼가 사냥터로 들어왔다.

기다리던 무전이 들어왔다.

"시작하시죠."

내 말이 떨어지자마자 광산을 환히 밝히던 불이 꺼졌다. 그러자 주변은 어둠에 사로잡혔다.

그리고 광산의 주변에서 단발성의 총소리가 하나둘 들려왔다.

한적한 광산에서 울리는 총소리가 귀에서 멀어질 때쯤 무전이 다시 들어왔다.

—작전 종료. 토끼를 모두 소탕했다.

단 5분 만에 모든 상황이 종료된 것이다.

다시금 광산에 불이 들어와 어둠을 몰아내었을 때 코사크의 타격대는 사로잡은 마피아들을 광산으로 끌고 왔다.

마피아들은 레나 호텔을 출발했을 때의 인원 중에서 절반이 줄어 있었다.

그들 모두가 지금 상황이 어떻게 된 것인지 전혀 인지하지 못하는 모습이었다.

마피아들이 광산을 침입하기 위해 자리를 잡을 때 갑작스럽게 광산의 밝히던 불빛이 모두 사라졌다.

그리고 그때를 시발점으로 어둠에 대비하지 못한 마피아들은 코사크의 저격용 소총에 하나둘 사라져 갔다.

칠흑 같은 어둠 속에서는 총알이 어디서 날아오는지조차 알 수 없어 우왕좌왕할 때쯤, 땅속 비트에서 소리 없이 올라선 코사크 타격대에게 모두 소탕된 것이다.

코사크 대원들 모두가 어둠을 밝히는 야간투시경을 갖추고 있었다.

하지만 마피아는 몇몇 인물뿐이었다. 그들이 야간투시경을 써보기도 전에 모든 것이 끝나 있었다.

제일 먼저 코사크의 대원들에게 제거된 인물들이 야간투시경을 소지한 인물들이었다.

"저자가 이들의 리더라고 합니다. 이름은 카말이라고 합니다."

코사크의 타격대를 이끄는 올렉의 말이었다.

부하들을 이끌던 카말은 지금 상황을 도저히 믿지 못하겠다는 표정이었다.

그는 러시아 특수부대 출신이기도 했다.

"성공할 줄 알았나?"

"……."

카말은 내 주변으로 늘어선 경호원들과 중무장한 코사크 대원들의 모습을 보자 대답 대신 고개를 떨구었다.

"너의 조직은 오늘로서 끝이다."

"우리 뒤에는 라리오노프 형제들이 있소. 그들이 가만있지 않을 것이오."

카말은 내 말에 반발하듯이 말했다.

"내가 너에게 말해주지. 라리오노프 형제들이 만약 이번 일을 주도했다면 그들도 너희 조직과 똑같은 일을 겪을 것이다."

러시아에서는 그 누구도 내 권위에 도전해서는 안 된다는 것을 보여주어야만 했다.

그래야만 안전하게 기업 활동과 직원들을 보호할 수 있었다.

*　　　*　　　*

모스크바를 거쳐 한국으로 돌아왔다. 생각보다 러시아에 머문 기간이 길었다.

모스크바로 돌아가자마자 코사크의 대원들 35명을 사하 공화국으로 파견했다.

앞으로 위원을 100명 정도까지 늘릴 생각이었다.

사하공화국 내 알로사의 광산들과 노바테크의 가스전에도 경비를 더욱 강화했다.

사하공화국 경찰과도 협조 체제를 보다 강화하기로 했다. 이번 사건으로 마피아에게 정보를 준 현지 경찰들 상당수가 옷을 벗었고 교도소로 향했다.

사하공화국 내의 교도소는 다들 꺼리는 곳으로 유명했다. 그 이유는 추위였다.

교도소에 수감 중인 죄수가 동사할 정도로 무서운 추위가 엄습한다.

김포공항에 내리자마자 나는 곧장 용산으로 향했다.

그곳에 새롭게 기업 정보팀을 만들었기 때문이다.

문민정부로 정권이 바꾸자 안기부의 인물들도 대거 옷을 벗거나 전직을 선택했다.

김용삼 대통령의 의지대로 국가안전기획부가 상당한 변화를 맞이하고 있었다.

그 여파는 군 정보기관까지 이어졌고 상당수 군 정보기관에 몸담고 있던 인물들도 전역했다.

그런 인물 중에는 상당히 아까운 인재들도 포진해 있었다. 정치적인 성향을 떠나서 자신이 맡아왔던 정보 업무에 잔뼈가 굵은 인물들이었다.

그들 중에서 박영철 차장에게 추천을 받은 인물들을 영입했다.

인원은 모두 열 명이었다.

그들이 사용하게 될 사무실은 용산에 자리 잡은 청운 빌딩이라는 8층짜리 건물에 자리를 잡았다.

건물을 아예 매입하여 앞으로 늘어날 수도 있는 인원을 대비했다.

사무실은 일반 사무실처럼 꾸며졌지만, 그 안쪽으로 비밀스럽게 꾸며진 방에는 통신 장비와 추적 장비 등 업무에 필요한 최첨단 장비들이 자리하고 있었다.

나라의 허락 없이는 설치할 수 없는 장비들도 있었지만, 박영철 차장의 도움으로 가능하게 만들었다.

이들 장비는 모두 러시아를 거쳐 한국에 들어왔다.

"처음 인사드립니다. 김충범이라고 합니다."

내게 인사를 건네는 인물은 안기부에서 10년간 근무했던 인물로 나이는 올해 38살이었다.

일본과 중국을 담당하는 동아시아국에서 근무한 인물로 그를 이곳의 책임자로 선정했다.

"강태수입니다. 앞으로 잘 부탁하겠습니다. 사무실은 마음에 드십니까?"

"예, 예전 사무실보다 훨씬 좋습니다. 많은 지원을 해주셔서 감사합니다."

"직원들은 어떻습니까?"

"다들 경험 풍부한 베테랑들이라 손발을 몇 번 맞추면 문제없을 것입니다."

직원들 모두가 정보를 다루는 업무를 맞았기 때문에 일을 하는 데는 문제 없었다.

이들의 임무는 중국과 일본 등 각 나라에서 파견한 산업 스파이의 방지와 국내 기업들에 대한 정보 수집이었다.

미국과 관련된 정보는 박영철 차장이 알려주기로 했다.

나는 국내의 어떤 기업들보다도 먼저 회사에서 개발한 첨단기술과 기업 비밀에 대한 대비책을 세워나가고 있었다.

또한 회사에서 개발한 기술에 대한 특허 업무를 전문적으로 담당하는 부서도 만들었다.

"앞으로 여러 회사 중에서 이곳이 가장 바쁜 곳이 될 수 있습니다. 괜찮은 인재가 있으면 언제든지 채용할 수 있게끔 하십시오."

"예, 믿어주신 것에 보답할 수 있도록 열심히 일하겠습니다."

김충범은 내게 고개를 숙였다.

박영철 차장의 후배이기도 한 그는 내가 어떤 인물이라

는 것을 충분히 인지하고 있었다.

이곳에서 일하는 인물들은 공직에 몸담고 있을 때 받았던 급여보다 50%를 더 받았다.

각종 지원도 남달랐기 때문에 다른 기업체에 들어간 동료들보다도 월등한 조건에서 일하게 되었다.

Chapter 2

역사적인 사건으로 기록될 김일성의 방문이 성사되었다.
기존의 역사와는 전혀 다른 일이 이루어진 것이다.

평양의 주석궁에서부터 출발하는 김일성의 서울 방문이
TV를 통해서 전국에 생중계되었다.

김일성의 방문은 미국과 중국은 물론 전 세계에 초미의
관심을 불러일으켰다.

전 세계의 언론사의 특파원들과 기자들이 서울로 몰려들
었고 취재 열기는 전쟁터를 방불케 했다.

김일성 주석을 태운 차량 행렬이 지나는 지역마다 혹시

나 김일성의 모습을 볼 수 있지 않을까 하는 마음에서인지 사람들로 가득했다.

하지만 경호상의 이유로 김일성을 태운 차량의 창문은 열리지 않았다가 마포대교를 건넌 이후부터 창문이 열리며 연도에 나온 시민들을 향해 손을 흔드는 김일성의 모습이 TV 카메라에 잡혔다.

김일성은 건강한 모습이었고 표정도 무척 밝아 보였다.

목적지인 청와대에 도착하기까지 생방송을 진행하는 언론사마다 제각기 김일성의 방문 목적에 대해서 열띤 토론을 나누었다.

성급한 언론사에서는 통일이 곧 다가올 것처럼 장밋빛 이야기를 꺼내놓기도 했다.

청와대에 도착하자 김일성을 환영하는 화동에게서 꽃다발을 건네받고는 환한 웃음을 내보였다.

그를 맞이하는 인물들은 김용삼 대통령과 황인성 국무총리 비롯하여 정부의 고위급 인사들이 대거 참석했다.

남북한의 최고위급 정상들이 처음으로 만나 악수를 하는 모습이 7년이 앞당겨진 것이다.

2000년 6월 김대중 대통령이 평양을 방문해 김정일 당비서와 만남이 처음이었었다.

"왜 참석하지 않으셨습니까?"

김만철이 TV를 보는 나를 향해 물었다. 나 또한 김일성 주석을 맞이하는 자리에 초대되었었다.

하지만 회사 업무와 특별행정구의 일을 핑계로 극구 사양했다.

"저는 아직은 사람들 앞에 공개적으로 서고 싶지 않습니다."

정부 관계자들과 김일성이 악수를 나눌 때마다 해당 관계자의 이름이 자막과 함께 소개되었다.

나 또한 저 자리에 있으면 신의주 특별행정구 장관이라고 소개될 것이다.

"한국에만 오시면 몸을 움츠리시는 것 같습니다."

"아직 그 몸통을 알 수 없는 흑천에게 저를 확연히 드러내고 싶지 않으니까요. 그리고 대중은 저의 성공을 왜곡해서 받아들일 수 있습니다. 사실 지금의 제 나이에 이룩한 것들을 사람들은 받아들이기가 쉽지 않습니다."

앞으로 4~5년 후에나 공개적인 활동을 할 생각이다. 언론사들과의 인터뷰도 내가 아닌 회사 관계자들이 했고, 신의주 특별행정구와 관련된 상황들도 행정국장이 대신했다.

"무슨 말씀인지 알겠습니다."

"오늘 김 차장님께 좋은 소식을 전해드릴 일이 있습니다."

"무슨 일입니까? 진급한 지도 얼마 안 되는데요."

"물론 진급은 아닙니다. 김 차장님의 가족분들을 찾았습니다."

"예! 정말입니까?"

김만철은 내 말에 눈을 크게 뜨며 물었다.

"하하! 정말이고말고요. 부인분께서 다른 이름을 쓰고 계셔서 찾는 데 애를 먹었다고 합니다. 내일 한국으로 따님과 함께 들어오실 것입니다."

김만철이 북한을 떠나고 나서 얼마 뒤 부인과 딸 또한 모든 재산을 정리해서 북한을 탈출했다.

김만철을 찾아 러시아로 넘어가려 했지만 여의치가 않아 중국에서 장사를 하면서 딸과 숨어 지냈다.

"정말 고맙습니다. 대표님을 만나지 못했다면 이런 기쁨을 누리지 못했을 것입니다. 제 목숨은 늘 말씀드린 것처럼 대표님의 것입니다."

김만철은 감격한 표정이 역력했다.

"부인과 따님을 찾았는데 앞으로 잘 사셔야죠. 그게 제가 상사로서 내리는 명령입니다. 무조건 잘 사셔야 합니다."

"예, 물론입니다. 다시 한 번 감사드립니다."

김만철은 내게 절도 있는 동작으로 고개를 깊숙이 숙이

며 감사를 표했다.

나는 러시아처럼 한국에도 핵심 직원들을 위한 보금자리를 마련할 준비를 하고 있었다.

송 관장 집에서 얼마 떨어지지 않은 곳에 있는 토지와 건물들을 사들였다.

한두 곳만 더 협의가 되면 곧장 공사가 들어갈 예정이었다.

김만철의 가족들도 앞으로 만들어질 타운에서 살아갈 것이다.

이번 김일성의 방문에는 그를 수행하기 위해서 북한의 핵심 인물들 상당수가 함께 방문했다.

북한 군부는 물론이고 경제와 행정을 담당하는 인사들이 함께 내려와 남한의 실정을 직접 눈으로 보면서 파악했다.

명동의 자리 잡고 있는 백화점은 물론이고 서민들이 자주 찾는 남대문과 동대문 시장도 방문해 서울에서 살아가는 시민들과 이야기도 나누었다.

대기업들의 제조 설비와 생산 시설들을 둘러보았고, 여의도에 있는 증권거래소를 방문해 자본시장에 대한 관심을 드러내기도 했다.

김일성 주석도 남한의 기업들을 방문할 때마다 북한의 기업들과 일일이 비교하면서 큰 관심을 나타냈다.

또한 세종문화회관에서 펼쳐진 뮤지컬 공연에도 참석해 공연을 관람하며 시민들과 함께하는 자리도 마련했다.

이러한 김일성의 행보에 언론들은 북한에 큰 변화가 있을 것이라는 보도를 연일 쏟아내었다.

남한을 방문하는 과정에서 세 차례나 단독회담을 가진 김용삼과 김일성은 북한의 핵무기의 완전한 포기와 신의주 특별행정구에 대한 지원 방안에 대해 심도 있게 대화를 나누었다.

휴전선에 전진 배치된 남북한 군대에 대한 후방으로의 전환도 이야기되었다.

남북한 교류 차원에서 금강산과 묘향산을 비롯해 백두산 관광도 주요 주제가 되었고, 김용삼 대통령의 평양 답방도 다루었다.

또한 이미 타결된 경의선 복원 공사를 5월에 곧바로 시작하기로 했다.

김일성의 방문으로 남북한의 관계는 훈풍이 불어오고 있었다.

기업들도 저마다 북한에 대한 기대감이 커지고 있는 상황이었다.

"김일성 주석이 북한의 바람을 몰고 왔습니다."

김만철이 김일성이 북한으로 되돌아가는 모습을 TV로 보며 말했다.

말을 하는 그의 표정은 싱글벙글 웃고 있었다. 그도 그럴 것이 그렇게 애타게 기다리고 찾던 그의 부인과 딸이 무사히 도착했기 때문이다.

올해 6살이 된 김만철의 딸인 김송희는 김만철을 보자마자 울음을 터뜨리며 품에 안겼었다.

두 사람의 모습에서 고생한 흔적이 역력했지만, 건강에는 문제가 전혀 없었다.

"그렇게요. 신의주 특별행정구에 들어오려는 기업들이 서너 배로 늘어났으니까요."

남북한 두 정상 간의 만남은 서로에게 총을 겨누고 있는 적대적인 관계를 청산할 수 있는 시발점이었다.

한 번의 만남으로 모든 것이 이루어질 수는 없겠지만, 내년 김용삼 대통령의 평양 답방을 통해서 더 큰 전진이 있으리라는 것이 일반적인 견해였다.

이번 방문에서 김일성 주석은 남한의 선물을 많이 얻어 갔다.

북한의 부족한 전력 시설과 낡은 전기 선로 개선 사업에 10억 달러를 지원받기로 했다.

대신 북한의 영변 핵 단지 시설 내 5㎿ 원자로의 완전 폐쇄를 약속했다.

폐쇄를 위한 절차에 남측 기술자와 미국 측 관계자들을 참여시키기로 했다.

북한의 결정에 미국을 비롯한 세계 여론은 찬사를 보냈다.

북한을 관통하는 송유관 건설에도 상당 부분 남한이 지원을 약속했다.

미국도 국회의 승인을 거쳐 제3국에 지원하는 무상 원조비 중 3억 달러를 북한 송유관 건설 사업에 지원하기로 했다.

또한 북한의 부족한 식량 사정을 해결하기 위해 비료 20만 톤과 쌀 10만 톤을 보내기로 했다.

북한 또한 자신들이 자랑하는 금강산과 묘향산 등의 관광지를 연내에 개방해 남한의 관광객들을 맞이하기로 합의했다.

김평일에 방한 때 이야기된 이산가족의 만남을 위해서 개성과 파주에 이산가족의 만남을 전담하는 장소를 마련하고 주기적으로 만날 수 있게끔 지원하기로 했다.

"이러다가 정말로 통일이 오는 게 아닌지 모르겠습니다."

"통일은 저희만 원한다고 해서 될 문제가 아닙니다. 한반도를 둘러싸고 있는 나라들의 이해관계가 맞아떨어져야 가능합니다. 그 전에 남북한 모두가 주변 나라들의 간섭을 이겨낼 만한 힘을 갖추어야 하고요."

미국은 물론이고 중국과 일본, 그리고 러시아까지 남북한이 하나가 되는 것을 원치 않았다.

남북한 정상들의 만남을 동북아의 평화와 안정이라는 말로 환영한다는 외교 관계자들의 공식적인 논평이 있었지만 그건 틀에 박힌 말뿐이었다.

남북한의 통일을 가장 경계하는 나라들은 중국과 일본이었다.

남북한이 하나가 되면 경제력과 군사력은 물론이고 잠재적인 발전 가능성이 무궁무진하기 때문이다.

한민족은 그러한 능력이 있었고 하나가 되었을 때는 그 힘이 대륙으로 뻗어 나갔다.

"맞는 말씀입니다. 그래서 대표님께서 신의주 특별행정구에 힘을 쏟으시는 게 아니십니까?"

"예, 4년 후에 닥치는 경제적인 큰 파고만 잘 넘긴다면 분명 기회는 올 것입니다. 그걸 대비하기 위해서라도 신의주 특별행정구의 역할이 중요합니다."

과거로 돌아와 지켜본 바로는 역사적인 큰 줄기의 흐름

에는 변함이 없다는 것이다.

동남아시아에서 시작된 IMF 경제 위기도 분명 대한민국을 덮칠 것이다. 하지만 역사처럼 되도록 지켜볼 수도, 내버려둘 수도 없었다.

기존 역사와 달리 최소한의 피해로 막아낸다면 남북한은 분명 또 다른 전기를 마련할 수 있을 것이다.

*   *   *

신의주 특별행정청에서 일할 직원들을 새롭게 뽑았다.

현재 23명이 근무하고 있었지만, 앞으로 진행할 일을 생각하면 더 많은 인원이 필요로 했다.

김일성과 김평일의 연이은 방문 이후 신의주 특별행정구에 대한 국민들의 관심이 최고조로 달아올랐다.

그 덕분인지 처음 인원을 뽑을 때보다도 상당한 인원들이 대거 지원했다.

15명을 뽑는 모집 공고에 천 명이 넘어서는 사람들이 몰렸다.

아직 직업군에서 공무원이 크게 주목받는 사회는 아니었다.

하지만 신의주 특별행정청에서 일하는 근무 조건은 일반

적인 공무원과 공공기업체들보다도 좋았다.

안정적인 근무 형태는 물론 직원들에 대한 급여와 복지 정책이 다른 곳보다 앞서갔기 때문이다.

더욱이 김일성 주석의 방문 이후 북한 지역에서 일한다는 두려움과 거부감이 상당히 반감된 상황이었다.

일반 행정직과 관련된 부분은 담당 직원들이 면접을 보았지만, 간부급 인물은 면접에 내가 직접 참여했다.

"서울시 6급 공무원이신데 군이 지원하신 이유가 무엇입니까?"

서울시청 6급 공무원이면 나쁘지 않은 조건과 지위였다.

"솔직히 말씀드려도 되겠습니까?"

"예, 말씀하십시오."

"제가 올해 32살입니다. 아직 장가를 가지 못했는데 이참에 북한에서 여자를 만나보고 싶었습니다."

다소 지원 동기치고는 엉뚱한 대답이었지만 지원자는 진지한 표정이었다.

"혹시, 일은 뒷전이시고 연애만 하시는 것 아닙니까?"

"하하하!"

"하하하! 그러게 말입니다."

내 말에 함께 면접을 보는 사람들의 웃음이 터졌다.

"일 하나는 똑 부러지게 합니다. 이력서에도 나와 있겠지만, 업무 성과가 좋아서 여러 번 상을 타왔습니다."

전기기술직 6급 공무원인 지원자의 말처럼 서류에는 서울시장상과 국무총리상도 받았다고 나와 있었다.

또한 취득하기가 어렵다는 전기응용기술사 자격을 딴 지원자는 신의주 특별행정구에 필요한 사람이었다.

"농담입니다. 합격하시면 언제부터 일을 하실 수 있으니까?"

"업무에 대한 인수인계 때문에 다음 달에나 가능할 것 같습니다."

"알겠습니다."

내가 면접을 본 사람은 모두 16명이었다. 이 중에서 5명을 선발할 생각이다.

면접을 본 지원자들 모두가 상당한 경력과 실력을 갖추고 있었다.

＊　　　＊　　　＊

"무척 바쁘실 텐데, 시간을 내주셔서 감사해요."

화사한 연분홍빛 원피스를 입은 이수진의 모습은 무척 아름다웠다.

처음 만날 때와 달리 화려한 귀고리까지 착용한 이수진

은 외모에 신경을 쓴 모습이었다.

　그 때문인지 주변에서 식사를 하는 사람들이 힐끗거리며 이수진을 쳐다보았다.

　그도 그럴 것이 웬만한 연예인들보다도 뛰어나고 고급스러운 미모를 자랑했기 때문이었다.

　이수진은 그녀만의 매력적인 모습을 갖추고 있었다.

　"아닙니다. 다행히 시간이 있었습니다."

　이수진은 친구를 만난 후에 회사 근처를 지나다가 전화를 걸었다고 했지만 날 만나려고 작정하고 찾아온 느낌이었다.

　"러시아는 잘 다녀오셨어요?"

　"아, 예. 제가 러시아에 갔었다는 걸 어떻게 아셨습니까?"

　"아빠가 말해주셨어요. 태수 씨가 동에 번쩍 서에 번쩍하면서 대한민국에서 가장 바쁜 분 중 한 분이라고요."

　'아직도 대산이 나에 대해 관심이 많은데……'

　나의 일정을 조사하지 않으면 알 수 없는 거였다.

　"요새 좀 그러네요."

　"미국에는 오지 않으세요?"

　이수진은 내일모레 다시 학교 때문에 미국으로 출국할 예정이었다.

"2주 뒤에 미국 출장이 잡혀 있긴 합니다만, 제 스케줄이 항상 계획대로 움직이질 않아서요."

"와! 잘됐네요. 미국 오시면 꼭 연락해 주세요. 제가 어디든지 갈게요."

내 말에 이수진은 아이처럼 환한 웃음을 머금으며 말했다.

"아, 예. 한데 서부로 갈지 동부로 갈지는 아직 정해지지 않았습니다."

이번 미국 출장은 닉스커피와 관련된 일이었다.

뉴욕에 닉스커피가 만들어진 후 닉스의 매출뿐만 아니라 닉스커피 자체의 매출이 장난이 아니었다.

닉스커피 자체로서도 사업이 충분하고도 넘쳐났다. 그로 인해 미국의 주요 도시에 닉스커피 매장을 설립해도 충분히 성공할 가능성이 점쳐졌기 때문이다.

"상관없어요. 연락만 꼭 주시면 돼요."

이수진이 다니는 하버드대학교는 미국 매사추세츠 주 케임브리지에 자리 잡고 있었다.

"알겠습니다."

그때 주문했던 음식이 나왔다.

주방을 총괄하는 프랑스 요리장이 특별히 나와 요리에 대한 설명을 해주었다.

누군가가 나와 이수진의 방문을 알린 것이다.

내가 사업차 여러 번 롯데호텔을 방문했던 것이 얼굴이 알려진 계기였다.

이수진 또한 재계 3위의 대산그룹의 딸이라는 것을 이곳의 총괄하는 지배인이 알고 있었다.

"여길 자주 오셨어요?"

총괄 요리장이 나를 아는 척하자 이수진이 질문을 던진 것이다.

"회사가 종로로 이전하기 전에 도시락의 본사가 이 근처에 있었습니다. 그러다 보니 이곳을 자주 이용하게 되었습니다."

"그러셨구나. 저도 몇 번 모임 때문에 이곳을 찾았었어요. 대산이 운영하는 호텔은 가기가 좀 그렇더라고요."

대산그룹이 호텔 사업에 진출하기 위해서 강남에 있는 호텔을 작년에 인수했다.

그뿐만 아니라 신규로 한강을 조망할 수 있는 호텔을 여의도에 짓고 있었다.

"왜 그러시죠?"

"모르서서 질문하신 거예요?"

이수진은 날 바라보며 다시금 질문을 던졌다.

"예, 대산에서 운영하는 호텔을 이용하기가 어려운 건

가요?"

"후후! 정말 모르시는구나. 제가 나타나면 호텔 입구에서부터 과잉 친절이 시작되거든요. 그냥 조용하게 식사나 차 한잔하고 싶은데, 너무 부담스럽게 환영해 주어서요."

그룹 총수의 딸이 계열 회사의 호텔에 방문한다는 것은 아무 의미가 없다고 해도 그곳에서 일하는 사람들에게는 여러 가지 의미를 부여할 수 있었다.

이수진도 몇 번 그런 경험을 하자 자신을 알아보지 못하는 곳을 찾았다.

"아! 그렇구나. 거기까지는 미처 생각하지 못했습니다. 피곤한 일이 되겠네요."

"예, 그냥 모른 척해주면 좋겠는데, 그게 잘 안 되나 봐요."

나 또한 러시아에서 받는 대접이었다.

내가 움직이는 장소에는 수십 명이 항상 뒤따른다.

또한 날 만나는 인물마다 무척 조심스럽게 행동했고 시간이 갈수록 날 어려워했다.

"수진 씨는 지금의 삶에 만족하시나요?"

무척 궁금했었다.

이수진은 재벌 집 딸로 태어나 모든 것을 갖추고 생활하는 사람이었다.

걱정 근심이 없는 생활을 하는 이수진은 한마디로 금수저를 물고 태어난 인물도 아닌 다이아몬드 수저를 넘어서는 인물이다.

"글쎄요. 솔직히 지금의 삶에는 만족스럽긴 하지만 저도 나름대로 고민이 많아서요. 재벌 집 딸로 태어나 지금까지는 아무 걱정 없이 살아왔지만, 앞으로는 많은 책임을 짊어져야만 해서요. 어떨 때는 평범한 삶을 생각해 보기도 해요. 사소한 거에도 만족하고 작은 것에도 웃을 수 있는 것들 말이에요."

충분히 생각해 볼 수 있는 말이었다.

처음부터 모든 것을 가진 사람이 만족하는 것들은 제한적일 수밖에 없다.

그들은 더 이상 부를 늘리기보다는 지금의 것을 지키려는 것이 매우 강했다.

"그럼 혹시, 향후 대산그룹의 경영에도 참여하시나요?"

"예, 제 몫은 제가 책임져야 하니까요. 제가 복수전공을 하고 있는데, 부전공이 경영이에요."

이수진은 당당하게 말했다.

"아, 그러셨구나."

"후후! 물론 오빠의 선택권이 저보다 많겠지만, 저도 나름대로 책임져 나갈 분야를 고민하고 있어요."

"제가 볼 때는 수진 씨가 잘 해내실 것 같습니다."

"그래요, 태수 씨가 칭찬을 해주시니까 좋은데요. 태수 씨는 사람을 참 편안하게 해주시는 것 같아요."

"그런가요? 전 잘 모르겠습니다."

"왠지는 모르겠지만, 태수 씨와 이야기를 나누고 있으면 기대고 싶은 마음에 생겨나거든요."

'후후! 세상 물정을 아는 아저씨의 나이이니…….'

이수진이 말한 것은 가인이도 말했던 이야기였다. 가인이 또한 나에 대해서 아빠처럼 기대고 싶고, 그녀 자신을 감싸줄 줄 아는 사람이라고 말했었다.

"하하! 제가 나이보다 좀 성숙해 보이지요?"

"아니에요. 그런 의미로 말한 게 아닌데……."

내 말에 이수진은 얼굴을 붉히며 말을 잇지 못했다. 그러한 모습이 생각보다 순수하게 보였다.

"사실입니다. 애늙은이라는 말을 중고등학교 때부터 들어왔습니다. 제 말투도 그렇고요. 그나마 요즘 들어서 많이 고쳐진 것입니다."

"전 오히려 그게 좋은데요. 한데 여자 친구분은 어떤 분이세요?"

이수진은 조심스럽게 가인이에 관해서 물었다.

"저에게 과분한 사람입니다. 남을 위할 줄도 알고, 자기

일도 열심히 하는 사람이지요."

"그리고 예쁘시죠?"

이수진은 내가 하지 않은 말을 건넸다.

"하하하! 예, 제가 많이 부족할 정도로 착하고 예쁩니
다."

늘 생각하는 거였다. 가인이는 정말 하늘이 내려준 선물
이었다.

"여자 친구를 많이 사랑하시나 봐요?"

"그 친구는 죽어가는 절 살려냈습니다. 그 친구에 대해서
는 어떤 말로도 표현할 수 없는 고마움을 간직하고 있습니
다. 그래서 늘 감사하고 한편으로는 미안한 마음을 가지고
있습니다. 저보다 좋은 사람을 충분히 만나고도 남을 만한
친구니까요."

"와! 그런 일이 있었구나. 한데 제 생각에는 태수 씨보다
좋은 사람을 한국에서는 찾을 수 없을 것 같은데요."

"하하! 절 너무 높이 평가하시는 것 같습니다. 전 수진 씨
가 생각하는 만큼 대단한 사람이 아닙니다. 사람은 겉으로
만 드러나는 것이 전부가 아니니까요."

"맞는 말씀이세요, 보이는 것만이 전부는 아니죠. 정말
중요하고 소중한 것은 눈으로는 볼 수 없으니까요. 하지만
태수 씨를 보면 너무 신기하고… 뭐랄까? 보통 사람의 상

식으로는 전혀 생각할 수 없는 일들을 해내고 계시잖아
요."

그때였다.

화려하게 옷을 입은 한 젊은 여인이 우리가 있는 테이블
로 다가왔다.

쓰고 있던 명품 선글라스를 내리며 말하는 여자는 이수
진을 아는 듯했다. 여자는 이수진과 비슷한 또래였다.

"수진이 아니니?"

이수진이 고개를 돌려 자신에게 말을 붙인 여자를 쳐다
보았다.

"은미구나."

이수진이 아는 사람이었다.

"한국에는 언제 온 거냐?"

"며칠 전에. 아빠 생신이라서."

"그랬구나. 계집애, 연락도 안 하고. 한데 누구시니?"

온몸을 명품으로 도배한 은미라는 여자는 이수진보다는
나에게 관심을 더 두는 것 같았다.

"어, 그냥 아는 분이야."

이수진은 나의 눈치를 살피며 말했다. 그다지 눈앞에 보
이는 여자와 친하지 않은 것 같았다.

"안녕하세요. 수진이 친구 김은미라고 합니다."

"아, 예. 강태수라고 합니다."

김은미는 의자에서 일어나 인사하는 날 머리에서 발끝까지 살펴보았다.

재계 서열 3위인 대산그룹의 영애(令愛)가 만나는 인물이 누구인가를 유심히 살피는 듯 말이다.

"수진이를 만나시는 것 보니까, 보통 분이 아니신 것 같네요."

김은미는 나에 대해서 모르는 것 같았다.

"아닙니다. 평범한 직장인입니다."

그리고 김은미가 원하는 대답을 해주지 않았다. 그녀는 내 대답에 실망한 눈빛이었다.

"한데 여긴 어쩐 일이야?"

이수진은 김은미의 질문을 막으려는 듯이 물었다.

"오늘 여기서 칠공주 모임이 있거든."

김은미가 말한 칠공주는 이수진과 비슷한 또래의 여자들이었다.

그리고 다들 재벌가의 딸내미들로 친목을 도모하기 위해 만든 모임이었다.

모이는 인물들이 일곱 명이라 재미 삼아 붙인 모임 이름이 칠공주였다.

이들 모임에 이수진을 끌어들이려고 했지만, 이수진은

모임에 참여하지 않았다.

하필 이곳에서 모임이 있었던 것이다.

"어, 그랬구나."

아니나 다를까, 남들과 다르게 화려하고 고급스러운 복장을 한 여자들이 식당 안으로 들어오고 있었다.

Chapter 3

　우리가 앉은 뒤편으로 명동이 한눈에 내려다보이는 자리
가 칠공주들이 예약한 자리였다.

　일곱 명 모두가 모인 것은 아니었다.

　한 명은 집안 행사로, 다른 한 명은 몸이 좋지 않아 모임
에 참석하지 않았다.

　그들 중에는 이수진과 안면이 있는 사람들도 있었고 아
닌 사람도 있었다.

　김은미처럼 이수진과 안면이 있는 두 사람이 너스레를
떨며 우리 테이블로 걸어왔다.

"어머! 수진 씨 이곳에서 보네요?"

이수진보다 두 살 많은 박보영이라는 여자였다. 그녀는 재계 순위 70권에 자리 잡은 청운그룹의 무남독녀였다.

인기 있는 여러 남자 배우와 어울려 다닌다는 소문이 있었다.

"안녕하셨어요. 잘 지내시죠?"

"수진 씨만 하겠어요."

박보영은 나와 이수진을 번갈아 보며 말했다. 이수진보다 두 살 위였지만 이수진이 대산그룹의 딸이라는 것 때문인지 말을 놓지 않았다.

재벌가의 딸들도 은근히 재벌들의 재계 순위와 회사의 규모를 무시하지 못했다.

대산그룹과 청운그룹은 상당한 차이가 났다.

"수진 씨는 안 보는 사이에 더 예뻐진 것 같아요. 연애를 해서 그런가요?"

박보영의 옆에 선 정희정 또한 재계 순위 50위권에 있는 풍산그룹의 딸내미로 이수진보다 한 살 많았다.

그녀도 이수진에게 존댓말을 붙였다. 정희정의 말처럼 이수진의 외모는 누구보다도 돋보였다.

"생각하신 것처럼 앞에 계신 강태수 씨와는 그런 사이가 아니에요."

살짝 얼굴이 붉어진 이수진은 적극적으로 해명을 했다.

"미국에서는 언제 왔어요?"

박보영은 그런 것에 상관없이 자신이 궁금한 점을 물었다.

"아버님 생신이라 며칠 전에 들어왔대."

이수진 대신 김은미가 말했다.

"보기 좋아요. 저도 빨리 좋은 사람을 만나야 하는데."

이수진의 말에도 자신들은 말만 늘어놓고 있었다. 이수진은 그런 그녀들의 말에 대꾸하지 않았다.

나 또한 묵묵히 세 사람의 이야기를 듣고만 있었다.

"처음에는 다 그런 거예요. 저희가 좋은 시간을 방해하지 않았나 모르겠네요. 그럼 좋은 시간 가지세요."

김은미는 생각 같아서는 나에 대해 더 많은 것을 알고 싶어 하는 눈치였다.

그런 생각은 박보영과 정희정도 마찬가지였다. 세 사람은 뭔가 아쉬운 표정으로 자신들의 자리로 향했다.

"예, 좋은 모임 가지세요."

이수진은 세 사람을 향해 말을 하고는 나에게 미안한 표정으로 말했다.

"미안해요. 아무 사이도 아닌데……."

"괜찮습니다. 저분들과는 어떤 사이입니까?"

"저 중에서 동갑인 은미만 가끔 연락을 주고받는 사이예요. 인사를 나눈 두 사람은 한두 번 안면이 있는 사이고요. 나머지는 처음 보는 사이인데, 다들 저처럼 재벌가의 딸들이에요. 나이가 비슷하고 취향도 비슷해서 한 달에 두세 번 모임을 갖는 거로 알고 있어요."

"수진 씨는 모임에 참여하지 않으십니까?"

"저는 미국에서 생활하고 있어서요. 그리고 저는 그다지 모임에는 큰 관심이 없어서요."

"모임에 참여하면 친구도 만들고 좋지 않습니까?"

이전 만남에서 이수진이 친구가 없다는 말이 떠올랐다.

"글쎄요, 저는 아무 이유 없이 만나 웃고 떠들고 하는 일들이 왠지 시간 낭비라는 생각이 들어서요."

"만남이라는 게 꼭 이유가 있어야 할 필요는 없지 않나요?"

"뜻이 맞고 생각이 같다면 좋은 시간이 될 수 있죠. 한데 저는 모임에서 나누는 이야기들에 대해 공감이 되질 않아서요. 쇼핑이나 남자 연예인 이야기들이 주 관심사인데, 솔직히 남자에 관한 것들은 관심이 없어서요. 그리고 제가 저희 엄마의 딸이라는 것에 대해서 은근히 말이 있더라고요. 엄마의 집안이……."

이수진은 본처의 딸이 아닌 첩의 딸이라는 의미에서 한

말이었다.

모임의 여자들은 자신들과 비교해서 월등히 뛰어난 미모에다가 머리까지 좋은 이수진을 시기하고 질투했다. 그러다 보니 이수진을 깎아내리려고 이대수 회장을 유혹한 여배우의 딸이라는 이야기로 뒤에서 수군거렸다.

이대수 회장은 전처와 이혼 소송 과정에서 이수진의 엄마를 만났었다. 그러한 점에 이수진을 낮게 보려는 의도가 있었고, 이수진의 엄마가 좋은 집안 출신이 아니라는 점도 은근히 그녀를 무시하는 것으로 작용했다.

한마디로 자신들은 남과 다르다는 우월주의에서 나오는 비뚤어진 마음의 결과물이었다.

'생각했던 거와 달리 이수진이 마음고생을 많이 했겠는데……'

나는 재벌가의 자녀라면 아무 걱정 없이 살 것으로 생각했었다.

"우습네요. 별것도 아닌 걸 갖고서 사람을 평가하다니."

"저도 그 말을 우연히 듣고서는 사람들이 너무 가식적이라는 걸 느꼈어요. 집안 배경과 학벌로 사람을 평가하는 것도 그렇고요."

이수진의 말에 난 그녀를 다시 보게 되었다. 너무 많이 가진 자들 중에는 부족함이 없어서인지 자신을 마치 태생부터 다른 왕족처럼 생각하는 이들이 적지 않았다.

그들은 자신들의 밑에서 일하는 사람들을 마치 노예나 종처럼 생각하고 부렸다.

모임을 하고 있는 다섯 명의 여자는 나를 쳐다보며 이런 저런 말을 나누고 있었다.

내가 누군인지 자신들끼리 열띤 토론을 하는 것처럼 보이기도 했다.

그녀들 모두 일반 사람들은 쉽게 엄두를 낼 수 없는 명품 브랜드로 몸을 치장하고 있었다.

"저도 회사를 운영하면서 그런 사고를 없애려는 노력을 하고 있습니다. 이미 모든 회사의 지원서마다 학력란을 폐지했습니다. 저희는 개인이 가지고 있는 역량과 능력을 보지, 학력으로 사람을 평가하지 않습니다."

도시락과 닉스를 비롯한 모든 회사마다 학력과 출신 대학으로 지원자를 평가하지 않았다.

일류대 출신이라는 이유만으로 그 사람을 높게 평가하거나 좋게 보지 않았다. 기존 직원들과의 협력관계와 자신이 지원한 업무에 대한 이해를 중점적으로 보았다.

"와! 대단하시네요. 아직 국내 기업들은 그렇게 하지 못하는데요."

"저희는 아직 작은 회사라서 가능한 것입니다. 큰 기업들은 관리해야 할 인원들도 많고, 개개인의 개별적인 성향보다는 집단적인 관리 체제가 효율적이기 때문에 쉽게 할 수 없을 수도 있습니다."

"그래도 대단하세요. 학력을 따지지 않는다는 것이 쉽지 않은 결정인데요."

"출신 학교가 모든 걸 보장해 주지 않는데도 수많은 학생이 오로지 좋은 대학을 가기 위해 너무 많은 에너지를 소모하고 있습니다. 그러한 것이……."

대한민국의 교육열은 세계에서 제일이다. 하지만 대부분의 학생이 자기 스스로 좋아하고 원하는 것을 선택하지 못한 채 대학에 진학했다. 오로지 좋은 직장과 많은 돈을 벌기 위해서 말이다.

"저도 그렇게 생각해요. 외국처럼 학생들이 좀 더 다양한 선택을 할 수 있다면 지금보다도 조금은 행복할 수 있지 않을까 생각해요."

어려서부터 미국에서 생활해서인지 이수진의 생각은 깨어 있었다.

여러 다양한 주제로 이수진과 이야기를 나누었다.

오래전부터 알고 있던 것처럼 그녀와의 대화가 낯설지가 않았다.

*   *   *

태백산맥 자락의 줄기에서 뻗어져 나온 깊은 계곡 아래
에는 웅장한 건물들이 자리를 잡고 있었다.

태곳적 신비가 드리운 듯 깊은 운무가 휘감고 있는 건물
의 모습이 참으로 장엄하고 아름다웠다.

그중에서 가장 웅장하고 화려한 건물인 천건전(天乾殿)에
흑천의 중요 인물들이 모여 있었다.

흑천을 이끄는 천산을 비롯하여 장로들과 호법, 그리고
흑천의 중추인 단주들까지…….

그들의 표정에는 비장함이 서려 있었다.

"우리가 그동안 공들였던 북한의 일이 어그러졌다. 천단
(天壇)에서 받았던 하늘의 뜻이 틀리지 않았음을 말해주는
것이기도 하다. 그러나 우리는 낙담할 필요가 없다. 앞으로
5년 후 이 땅에는 큰 흔들림이 있을 것이며, 그 흔들림을 통
하여 우리가 기다리던 천명(天命)이 이루어…….."

흑천의 이끌어가는 천산의 말에 천건전에 모여든 인물들
의 얼굴에 변화가 생기고 있었다.

"백야는 사그라지고 그 흔적도 찾을 수 없는 상황인데,
굳이 5년을 기다릴 필요가 있었겠습니까?"

대외적인 임무를 총괄하는 홍무영 장로가 자신과 말이

통하는 백결 장로를 보며 말했다.

키가 작고 자애로운 인상의 백결 장로는 흑천에서 선발된 인재들의 교육과 내부를 담당하고 있었다.

"음, 천산께서 말씀하신 어그러진 천기(天氣) 때문이 아닌가 합니다. 우리가 예상치 못한 일이 북한에서 일어난 것도 그렇고요."

"북한에 대한 우리의 영향력은 너무 미비했었습니다. 더구나 그곳에 머무는 놈들은 흑천의 이상(理想)을 전혀 이해하지도 못해 우리의 계획에 동참하지 않은 놈들입니다. 놈들이 협조만 했어도 그러한 일은 벌어지지 않았을 것입니다."

북한에도 흑천의 후예들이 있었지만, 남북한이 단절된 것 까닭인지 천산의 말을 따르지 않고 독자적인 길을 걸었다.

"그 또한 하늘의 뜻이 아니겠습니까? 무리하게 천기를 거스르게 되면 이번에도 실패할 수 있습니다."

흑천은 자신들만의 세상을 만들기 위해 인조반정을 도왔고, 일본의 도요토미 히데요시를 자극해 임진왜란을 일으켰었다.

하지만 결과는 오히려 흑천의 몰락을 가져왔다.

수백 년 동안 절치부심하며 다시금 힘을 쏟았지만 흑천

의 예상과 달리 청나라와 러시아가 모두 일본에 패하고 말았다.

세 나라가 이 땅에서 큰 싸움으로 공멸하기를 원했고, 그 혼란의 틈을 이용해 자신들의 세상을 만들려고 했지만, 기술의 발전을 우습게 생각했던 흑천의 오판이었다.

또한 흑천의 앞길을 맞은 백야의 힘을 얕잡아 본 것도 실패의 원인이었다.

"이제는 천기를 거슬러도 될 만한 세상이 되었습니다. 달나라에 사람이 왔다 갔다 하는 판국에 우리가 너무 하늘의 뜻만을 좇는 것이 아닌지 모르겠습니다. 세상의 변화에도 발을 맞추어야만 백야처럼 되지 않습니다."

홍무영은 백야의 몰락이 흑천에 있지 않다고 보았다. 세상의 변화에 전혀 상관없이 단절하듯이 살아가는 백야 인물들의 바뀌지 않는 외골수적인 의식에 두었다.

그는 또한 단 한 사람에게만 무공을 전수하며 반드시 제삼자에게만 전수해야 하는 방식이 백야의 놀라웠던 무공들이 사라지게 만든 원인이라고 보았다.

"틀린 말씀은 아니지만, 천산께서 하시는 일들이 지금껏 잘못된 적이 없지 않습니까?"

"잘못된 적은 없었지요. 하지만 더디기만 한 일들로 인해 제자들이 지쳐가고 있습니다. 이번 대선에서도 굳이 김용삼에게 양보하지 않아도 될 일이었는데……. 다시금 5년이란 시간이 지체되고 말았습니다."

흑천은 정민당의 당 대표가 된 한종태를 대통령으로 만들기 위해 모든 힘을 모았었다.

하지만 천산의 결정으로 다음 대선을 기약하기로 했다.

"북한이 저렇게 된 마당에 그 점은 저도 아쉽습니다. 하지만 다음은 분명 우리 사람이 청와대를 차지할 것입니다. 그리고 국회의원 선거에서는 우리와 뜻을 같이하는 인물이 상당수 당선되지 않았습니까. 그걸로라도 조금은 위안으로 삼아야지요."

흑천은 정계는 물론 정치계에도 상당한 영향력을 갖추어 가고 있었다.

"그건 그렇고, 이번에 들어온 제자들은 어떻습니까?"

"다들 고만고만한데, 한 아이가 눈에 띄더군요. 타고난 기질과 성향이 보통이 아닙니다. 함께 들어온 남자아이들을 벌써 제압하고는 일찌감치 앞서가고 있습니다. 한데 제자들에게는 통 관심이 없으시더니, 무슨 일이 있으십니까?"

홍무영 휘하에는 척살단이 딸려 있었다. 그리고 그 척살단을 그의 제자였던 풍운이 이끌고 있었다.

홍무영 장로 자신이 직접 신경 써서 가르친 인물은 풍운

뿐이었다.

"하하하! 잘되었네요. 제가 이번에 북한에서 괜찮은 서책을 구해왔는데, 그게 여자에게만 적용할 수 있는 무공서였습니다. 제 휘하에는 마땅한 친구가 없어서 말입니다. 그 친구를 제게 한번 보내주시면 좋겠습니다."

"저야 그리해 주시면 좋지요. 정식으로 받아들이시겠습니까?"

"보고서 결정하겠습니다. 5년이란 시간이 늦춰졌으니, 소일거리라도 있어야지요."

"하하하! 알겠습니다. 홍 장로께서 나서시면 날카로운 비수가 될 것입니다."

"하하하! 그 비수가 큰일을 해내길 바라야겠습니다."

백결 장로가 크게 웃으며 말했다. 하지만 그는 웃으면서 말하는 홍무영의 눈에 서린 야망을 읽지 못했다.

*　　　*　　　*

예인이는 요 며칠 누군가가 자신을 따라다닌다는 것이 느껴졌다.

외모가 눈에 띄어 사람들의 관심이 늘 뒤따랐다.

문제는 관심의 대상이 된다는 것이 불편할 때가 많다는

것이다. 연예인기획사 관계자는 물론이고 학교의 선후배, 그리고 길거리에서 몇 번 마주친 사람까지 예인이를 좋아한다며 고백한 사람들이 한둘이 아니었다.

그런데 이번에는 학교뿐만 아니라 예인이가 가는 곳마다 뒤를 따라다녔다.

감시를 받는 느낌까지 들자 예인이는 더 이상 참지 못했다.

"누구신데 자꾸 따라다니는 거죠?"

예인이는 걸음을 멈추고는 뒤쪽을 향해 외쳤다. 좁은 길에는 지나가는 사람이 아무도 없었다.

"낄낄! 용케 알아챘네."

기분 나쁜 웃음소리를 내며 모습을 드러낸 인물은 그다지 어울리지 않는 갈색 선글라스에 머리카락을 올백으로 넘긴 사내였다.

"뭐 하시는 분이시길래 절 따라다니시는 거예요?"

"칵, 퉤! 이게 내 일이라서. 그냥 모른 척하고 가던 길이나 가지 그랬어."

사내는 자신의 기분이 별로라는 걸 알려주는 듯 예인의 앞쪽으로 침을 내뱉으며 말했다.

"계속 따라오시면 더는 참지 않을 거니까, 이젠 그만 따라오세요."

"낄낄낄! 나한테 경고하는 거야? 화내는 게 더 예쁜데."

사내는 예인의 말에 아랑곳하지 않았다. 아니, 예인이의 말을 들어줄 생각조차 없었다.

"이번이 마지막 경고예요. 아무 이유 없이 절 따라다니지 마세요. 기분이 좋지 않으니까요."

"계속 따라다니면 어떻게 할 건데. 낄낄! 한번 줄 거야?"

20대 중반으로 보이는 사내는 전형적인 동네 양아치 스타일이었다.

"말로 해서는 안 되겠네요."

"어떻게 해주려고? 낄낄! 앞으로 아니면 뒤로."

얼굴에 장난기가 가득한 사내는 예인이의 무서움을 몰랐다.

예인이는 그런 사내의 말에 더는 참지 않았다. 어깨 아래까지 내려온 긴 생머리를 머리끈으로 질끈 동여맸다.

"오! 그래, 내가 좋아하는 머리 스타일이야. 이 머리 스타일이 훨씬 잘 어울려."

예인이의 모습에 사내는 더 히죽거리며 예인이를 놀리듯 말했다.

하지만 예인이가 움직이는 순간부터 상황은 달라졌다.

사내에게로 천천히 발걸음 옮긴 예인이의 오른손이 눈으로 따라잡을 수 없을 정도로 빠르게 움직였다.

"후후! 한 대 치려고… 컥!"

그러자 갑작스러운 충격에 눈이 커질 대로 커진 사내는 그대로 무릎을 꿇고는 목을 부여잡으며 고통스러워했다.

숨이 쉬어지지 않는지 크게 벌린 입에서는 침이 질질 흘러내렸다.

"해야 할 말이 있고 하지 말아야 할 말이 있는 거예요. 다시 한 번 절 따라다니면 오늘 같지는 않을 거예요."

극심한 고통으로 몸을 떠는 사내는 예인이의 말에 답을 할 수 없었다.

말을 마친 예인이가 다시금 가던 길로 가려고 할 때였다.

"병신 새끼! 그냥 지켜보라니까, 여자애한테 당하기나 하고."

새로운 사내 하나가 뒤쪽에서 걸어 나왔다. 무릎을 꿇고 있는 인물과 아는 사이인 것 같았다.

"어이! 거기, 이리 와 봐."

앞쪽으로 걸어가던 예인이를 향해 사내가 소리쳤다.

"왜 그러시죠?"

"애를 어떻게 했는지는 몰라도 그냥 가면 섭섭하잖아."

검은색 양복을 입고 있는 사내는 키가 180㎝가 넘어 보이는 건장한 체격을 가지고 있었다.

"저 사람과 아는 사이인가요?"

"알다마다. 3일 동안 따라다니기만 한 게 지루했는데, 재미있는 일을 만들어주었네."

"왜 절 따라니는 거죠?"

"몰라. 널 따라다니면 돈을 준다고 해서."

"누가요?"

"알고 싶어?"

"저랑 장난하자는 건가요? 그냥 말을 해주면 이쯤에서 끝낼게요."

"하하하! 이 조상태가 지금 여자한테 협박을 당한 건가?"

조상태는 예인이의 말에 어이가 없다는 듯이 크게 웃음을 터뜨렸다.

"협박이 아니라 경고하는 거예요."

예인이는 다부지게 말했다.

"경고라……. 후후! 간땡이가 아주 크거나 장난을 좋아하는 것 같은데, 그러다가 아예 골로 가는 수가 있어. 난 여자라고 해서 봐주지 않거든."

조상태는 느릿느릿 예인이에게 걸어가며 말했다. 그의 말은 일반 남성이라도 충분히 겁을 집어먹을 수 있는 위협적인 말투였다.

"안 되겠네요."

예인이는 조상태의 말에 아랑곳하지 않은 채 그를 마주

보며 앞으로 걸어갔다.

"하하하! 날 재미있게 해주면 말을 해줄 수도 있으니까. 잘해보라고."

웃으면서 말하는 조상태의 등 뒤로 목을 부여잡고 있는 사내가 그에게 경고를 보내려는 듯 뭔가를 말하려고 애를 썼지만, 목소리가 나오지 않았다.

"지금 그 말 후회할 거예요."

예인이는 말을 끝내자마자 그대로 땅을 박차고 날아올랐다.

마치 한 마리의 매가 비상하기 위해 높이 날아오르는 것처럼.

그런 예인이의 모습을 조상태는 넋을 놓고 바라보았다.

예인이가 조상태의 뒤편으로 가볍게 내려섰을 때였다.

한국 미들급 복싱 챔피언 출신인 조상태의 육중한 몸이 고목이 넘어가듯 천천히 뒤로 넘어갔다.

쿵!

뒤쪽에서 그 모습을 지켜보고 있던 사내가 목을 부여잡은 채 그대로 뒤쪽으로 줄행랑을 치고 있었다.

Chapter 4

"나 같았으면 어디 하나 부러뜨려 놨을 거야."

가인이가 예인이의 이야기를 듣고는 몹시 흥분해서 말했다.

"누가 시켰는지는 모르고?"

"누군지는 모른대. 그냥 내가 어디에 주로 가고 시간을 어디서 제일 많이 보내는지 파악해서 알려달라고만 했대."

내 물음에 예인이는 자신을 미행했던 사내에게서 들은 말을 전했다.

"어떤 미친놈인지 몰라도· 나한테 걸리면 절대로 가만두지 않을 거야."

가인이는 하나밖에 없는 여동생인 예인을 몹시도 아끼고 사랑했다.

마치 돌아가신 어머니를 대신하는 것처럼.

"혹시 모르니까, 며칠 동안은 어디를 가도 가인이하고 같이 다녀."

예인이의 실력은 알고 있지만 작정하고 기습을 하거나 떼거리로 달려들면 위험한 상황에 빠질 수도 있었다.

"그래야겠어. 나도 언니가 옆에 있으면 든든하거든."

가인이와 예인이가 함께라면 그 누구도 함부로 할 수 없었다.

"제발 내가 옆에 있을 때 놈들이 다시 나타났으면 좋겠다."

가인이한테 걸리면 뼈를 추리지도 못할 것이 분명했다.

"그러다가 사람 하나 제대로 잡겠다."

"아주 작살을 내줘야지. 뭐, 내가 잘못되면 오빠가 책임져 주겠지."

가인이는 슬쩍 날 쳐다보며 말했다.

"내가?"

"그럼, 사랑하는 여인을 감방에라도 보내겠다는 거야?"

"감방에 들어갈 정도로 사람을 때리면 안 되지. 적당히 혼을 내줄 정도만."

"그래, 적당히 자근자근 뼈마디를 부러뜨리는 정도만."

"알았습니다. 어떻게든지 내가 다 해결해 줄 테니까, 제발 죽이지만 마라."

그러자 가인이는 내 목을 끌어안으며 말했다.

"역시! 우리 오빠가 최고야."

"애정 행각은 둘이 있을 때 해주세요. 남자 친구도 없는 사람의 가슴을 아프게 하지 마시고요."

예인이는 나를 자신의 품으로 끌어안은 가인이와 날 보며 말했다.

"이건 애정 행각이라고 볼 수 없지. 그냥 자연스러운 접촉이야. 강아지를 예쁘다고 쓰다듬는 것처럼 말이야."

예인이의 말에 가인이는 별일 아니라는 듯이 말했다.

"뭐냐, 그럼 내가 강아지란 말이야?"

"아니, 강아지보다도 훨씬 중요한 사람이지. 아이, 예쁘다."

가인이는 한술 더 떠 품에 안은 내 머리를 쓰다듬으며

말했다.

이 광경을 러시아의 직원들이 본다면 기겁할 것이다.

언제나 좌중을 압도하고 카리스마 넘치는 모습을 보여주는 나였기에 이런 모습은 상상조차 할 수 없는 일이었다.

*   *   *

강남대로 뒤편에 있는 대동빌딩 13층에 자리 잡은 김욱의 사무실에 조상태가 어두운 표정으로 서 있었다.

그의 목은 파스로 도배되어 있었다.

김욱은 스포츠계의 거물이자 강남에서 한 축을 담당하는 신세계파의 보스이기도 했다.

"상태야, 내가 널 다시 봐야겠다."

"죄송합니다."

"어디 가서 맞고 들어오는 것도 쪽팔린 일인데, 여자한테 터졌다고."

김욱의 말에 조상태의 얼굴이 살짝 구겨졌다.

"제가 너무 방심했던 것 같습니다. 정말 죄송합니다."

"한라그룹의 정문호가 부탁한 일이다. 놈이 무슨 생각을 하는지는 생각할 필요가 없어. 단지 놈의 부탁을 들어주면 나중에 우리가 받을 게 더 커지는 거야. 무슨 말인지 알아?"

"예, 알고 있습니다."

김욱이 말을 하지 않아도 조상태는 잘 알고 있었다.

"창수를 붙여줄 테니까, 두 번은 실수하지 마라."

김욱이 말하는 이창수는 신세계파 내에서도 실력이 뛰어난 인물로 태권도와 킥복싱을 익힌 선수 출신이었다.

"알겠습니다."

김욱에게 고개를 숙이며 나가는 조상태의 눈에 비친 것은 한동안 보이지 않았던 비서실장 김기춘이었다.

그는 신세계파가 자랑하는 암살단을 관리하고 있었다.

김기춘은 신세계파 서열 4위였던 정대웅의 피살 사건으로 한동안 몸을 사리며 나타나지 않았었다.

*　　　　*　　　　*

"정말이야?"

정문호가 자신의 운전기사이자 비서 역할까지 도맡아서 하는 민경석의 말에 놀라는 표정을 지었다.

"예, 감시하던 놈들이 그대로 나가떨어졌다고 합니다."

민경석은 자신의 후배도 예인이의 동선을 확인하기 위해 붙여두었었다.

"야! 이거 정말 흥미로운데. 그놈들은 보통이 아닌데 말이야."

말을 하는 정문호의 얼굴에 묘한 흥분감이 보였다. 정문호는 자신의 위치와 넘쳐나는 돈으로 인해 지금껏 넘어오지 않은 여자가 없었다.

물론 몇몇은 밀고 당기는 것을 천성적으로 싫어하는 성격 탓에 약을 써서 해결했었다.

하지만 결국 그들도 자신에게 애교와 교태를 부리며 품에 안겨왔다.

"예, 조직 내에서도 실력 있는 자들이라고 했습니다."

민경석은 신세계파를 통해 히로뽕을 구해 정문호에게 전달하는 역할도 담당했다.

그는 정문호가 원하는 것이라면 뭐든지 해결해 주는 해결사였다.

그 때문에 민경석이 받는 월급과는 별도로 매달 200만 원을 정문호가 따로 챙겨주었다.

"얼굴과 몸매도 이만하면 최상급인데. 거기다가 격투기까지 익혔다니까, 정말 품에 안고 싶어지는데."

정문호는 누가 찍었는지는 모르지만 예인이가 거리를

걷고 있는 모습이 담긴 사진을 보며 말했다.

"제가 볼 때도 이전 여자들하고는 차원이 다른 것 같습니다."

"그러게. 보면 볼수록 매력 있고 끌린다 말이야. 다른 문제가 될 게 있나요?"

"크게 문제 될 것은 없습니다. 현재 아버지는 외국에 나가 있고, 언니하고 단둘이 지내는 걸로 알고 있습니다. 주변에서 도움을 주거나 도움을 받을 만한 사람도 없습니다."

"하하하! 주변 여건도 깔끔해서 좋네. 하여간 민 실장이 알아서 잘 만들어 봐요. 이번 일만 잘되면 내가 특별 보너스를 줄 테니까."

민경석의 말에 정문호는 밝게 웃으며 말했다.

"이번 일도 다른 때와 크게 다를 것이 없을 것 같습니다. 잘 만들어 보겠습니다."

민경석은 특별 보너스라는 말에 입꼬리가 위로 올라갔다.

"그래야지. 그리고 은영이 이년이 자꾸 붙잡고 늘어지네."

정문호의 아이를 임신했던 여자였지만 강제로 낙태를 시켰었다.

"알겠습니다. 바로 조치하겠습니다."

민경석 말에 만족스러운 얼굴이 된 정문호는 예인이의 사진을 다시금 뚫어지게 쳐다보았다.

*　　*　　*

며칠 동안 새롭게 미국에서 시작하려고 하는 닉스커피에 대한 사업 진행에 대한 계획을 정리했다.

미국과 국내 동시에 닉스커피를 본격적인 사업을 시작하기보다는 2~3년 후에 미국의 성장세를 보고 나서 국내로 들여오는 것이 낫겠다는 결론을 내렸다.

현재 뉴욕에만 있는 닉스커피를 보스턴과 필라델피아, 그리고 워싱턴 D.C 등 동부 지역으로 우선 확대할 생각이다.

단독으로 커피를 선보이는 것보다 지금처럼 닉스와 함께 매장을 개설하여 시너지 효과를 보는 것이 더 좋았다.

닉스 매장을 함께 설치할 수 없는 장소에만 닉스커피 단독 매장을 설치하기로 했다.

닉스커피 또한 별도의 미국 법인을 설립하여 운영될 것이다.

현재 닉스 산하에는 닉스E&C와 함께 닉스커피도 들어

가게 되었다.

다른 기업들이 계열사를 두지 않는 거와는 달리 닉스는 벌써 2개의 계열사를 거느리게 되었다.

용산의 비전전자가 비전부품을 두고 있지만, 닉스하고는 규모나 매출 면에서는 큰 차이가 있었다.

"뉴욕에 3번째 매장과 함께 3개의 후보 도시에 4개의 매장을 설치할 생각입니다."

새롭게 비서실장이 된 박승수 실장의 보고였다. 올해 35살로 경영을 전공한 박승수는 대기업에서 무역과 함께 비서실에도 근무했었다.

회사를 퇴사한 후 1년 반 동안 개인 사업으로 오퍼상을 운영하기도 했던 그는 풍부하고 다양한 경험을 가지고 있었다.

도시락 기획실에서 1년간 근무한 후 새롭게 만들어진 비서실로 오게 되었다.

"예산은 얼마로 잡고 있습니까?"

"법인 설립 비용과 4개의 매장의 인테리어 비용까지 대략 천만 달러 정도가 소요될 것 같습니다."

현재 4개의 매장이 들어설 건물 중 두 곳은 매입할 예정이었다.

그 지역에 중심이 될 수 있는 여건을 만들기 위해서 사들이기로 한 것이다.

"자금은 충분합니까?"

"예, 사우디아라비아에서 공사 대금 1천8백만 달러가 닉스E&C로 입금되었습니다. 닉스도 50억 원 정도는 사용할 수 있습니다."

사우디아라비아의 타이프 지역에서 1년 7개월간 도로 개설 공사를 끝내고 받기로 한 대금이었다. 도로는 올 초에 완공되었다.

"음, 닉스E&C에서 벌이는 공사들이 많아 자금 수요가 상당할 텐데, 괜찮겠습니까?"

닉스E&C는 현재 신의주 특별행정구와 모스크바에서 많은 공사를 진행 중이었다.

국내에도 다섯 곳에서 공사가 이루어지고 있었고, 국내 공사는 이익이 많이 발생하는 곳만 선별해서 진행했다.

그러다 보니 자금 수요가 많았다.

"다음 주에도 500만 달러가 들어오는 곳이 있어서 자금 운용상에는 문제가 없을 것입니다."

인수 이전 유원건설이 진행했던 해외 공사들이 속속 완공되어 공사 대금이 들어오고 있었다.

부실공사로 인한 단기 자금 압박만 아니었다면 유원건

설은 중장기적으로는 나쁘지 않은 상황이었다.

"그럼 그대로 추진하십시오. 그리고 현지 책임자는 알아보셨습니까?"

미국 닉스의 김석중 본부장을 고려해 보았지만, 커피 분야에 경험이 없을 뿐만 아니라 닉스의 일로도 무척 바쁜 생활을 하고 있었다.

"예, 제가 오퍼상을 했을 때 알게 된 분인데, 한국에 콜롬비아산 원두커피를 들여오는 사업과 함께 커피전문점을 운영했었습니다. 지금은 원두 커피전문점에만 신경을 쓰고 있습니다. 이쪽 분야에서는 국내에서 전문가로 꽤 알아준다고 합니다."

"그러면 한번 만나볼 수 있게 준비해 주세요."

"예, 곧바로 연락을 취하겠습니다."

닉스커피가 미국에서 본격적으로 사업을 진행하게 되면 향후 스타벅스와 비교되거나 경쟁 상대가 될 수 있었다.

이미 뉴욕 근교 롱아일랜드의 노스포크에 세워진 커피 로스팅 공장이 본격적으로 가동 중이었다.

*　　　*　　　*

중요한 몇 가지의 결재를 처리하고는 명동으로 이동했다.

가인이와 예인이에게 봄옷을 사주기 위해서 두 사람을 명동으로 불러냈다.

두 사람과 함께 쇼핑을 하는 것도 오랜만이었다.

종로에서 명동에 있는 백화점까지 걸어가는 뒤편으로 티토브 정과 3명의 경호원이 천천히 따라붙었다.

러시아보다는 덜한 경호였지만 국내에서도 어떤 일이 벌어질지 모르는 일이다.

아직은 나에 대해서 알지 못하지만 흑천이라는 거대한 세력이 이 나라에 깊숙이 뿌리내리고 있기 때문이다.

걸어오는 날 발견한 가인이와 예인이가 손을 좌우로 크게 흔들었다.

"걸어서 온 거야?"

가인이가 날 보며 물었다.

"사무실에서 얼마 걸리지 않아서."

"옮긴 사무실은 좋아?"

평소와 달리 모자를 쓰고 나온 예인이가 물었다.

며칠 전 사건 때문에 얼굴을 내보이고 싶지 않은 것 같았다.

"이전보다 넓어져서 많이 좋아졌지. 사실 여기보다는

모스크바의 사무실이 훨씬 좋아."

"얼마나 좋길래 그래? 호텔처럼 꾸며 놓았어?"

"호텔처럼은 아니지만, 사무실치고는 꽤 화려하고 넓지. 자, 오늘은 두 사람이 필요한 것들을 마음껏 고르세요."

"어느 정도까지 고르면 되는데?"

가인이가 내 말에 되물었다.

"입고 싶고, 갖고 싶은 것 모두. 돈에는 구애받지 마시고요."

"오빠 돈 벌어서 우리에게 다 쓰는 것 아니야?"

내 말에 예인이가 걱정하듯 물었다. 예인이는 아직까지 내가 어느 정도로 돈을 벌어들이고 있는 줄 몰랐다.

물론 그 점은 가인이도 마찬가지였다.

"두 사람에게는 다 써도 괜찮아. 나중에 내가 돈을 못 벌면 가인이가 날 먹여 살리겠지."

가인이를 보며 농담 섞인 말을 던졌다.

"먹여 살리기만 하겠어? 입혀주고, 먹여주고, 필요하면 업어주기도 할게."

"역시! 내가 이래서 가인이를 믿고 열심히 일하는 거야."

가인이의 말이 마음에 쏙 들었다.

"오빠에게는 나도 있잖아. 언니만 고생하면 안 되지."

"하하하! 예인이도 이 오빠를 먹여 살리겠다니, 앞으로 걱정할 게 없겠는데."

"후후! 그렇게 좋아?"

가인이가 즐겁게 웃는 날 보며 물었다.

"좋다마다. 열심히 일해서 돈을 번다는 것이 다 가족들과 행복하게 살기 위해서잖아. 가족들이 서로를 위해주고 어려움을 함께한다는 마음을 느꼈을 때 가장은 힘이 나는 거야."

"미래의 가장께서 좋아하니까, 나도 즐겁네."

가인이는 내 팔짱을 끼면서 말했다.

"자! 즐겁게 쇼핑하러 가실까요?"

나는 오른쪽 팔을 예인이에게 내주며 말했다. 예인이도 밝게 웃으면서 팔짱을 끼었다.

두 사람은 어떤 옷을 입어도 잘 어울렸다.

타고난 미모에다가 꾸준한 운동으로 가꾸어진 몸매는 감탄사가 나올 수밖에 없었다.

나이를 한 살 더 먹자 두 사람 다 전체적으로 앳된 모습에서 벗어나 완벽한 여성으로서 완성된 느낌을 주었다.

매장에서 옷을 골라주는 여직원들도 가인이와 예인이를 모습에 감탄사를 연발했다.

"야! 그 옷도 너무 잘 어울린다."

옅은 보라색 남방에 흰색 스커트를 입은 가인이의 모습은 한마디로 예술이었다.

길고 곧게 뻗은 흰 다리가 고스란히 드러난 가인이의 다리맵시는 세계적인 슈퍼모델들과 비교해도 손색이 없었다.

"너무 짧지 않아? 평소에 입던 스타일이 아니라서."

"아니야, 딱 좋아."

나는 엄지를 치켜들며 말했다.

"정말 잘 어울리세요. 지금까지 제가 본 손님 중에서 최고세요."

옆에서 가인이를 지켜보던 여직원도 솔직한 심정을 말하고 있었다.

그리고 예인이도 직원이 추천해 준 원피스를 입고 나왔다.

귀여운 병아리를 연상시키는 노란색 원피스에 가운데 검은 벨트로 포인트를 준 옷이었다.

잘못 입으면 오히려 못나게 보일 수도 있는 옷이었다.

매장 내에 걸려 있는 사진 속의 모델이 입은 옷이기도

했다.

하지만 예인이에게는 그러한 것은 전혀 걱정할 필요가 없었다.

"우와! 너무 잘 어울린다. 이 옷은 정말 예인이를 위해서 만든 옷인데."

하늘에서 선녀가 내려온 것처럼 무척 아름다웠다. 정말이지 어디 하나 흠잡을 데가 없는 모습이었다.

매장을 지나가는 사람들도 잠시 걸음을 멈추고 쳐다볼 정도였다.

"그러게, 눈에 확 들어오는데. 이 옷은 사는 것이 좋겠다."

가인이도 노란 원피스를 입은 예인이의 모습을 마음에 들어 했다.

"오빠, 너무 무리하는 것 아니지?"

예인이도 옷이 마음에 드는지 날 보며 물었다.

"이 옷은 무리해서라도 사주고 싶다. 걱정하지 마시고 다른 옷도 골라 봐."

"돈 잘 버는 남자 친구가 있으니까, 정말 좋은데."

가인이가 환한 얼굴로 내게 말했다.

"그럼, 세상 어디 가도 이런 남자 못 만난다."

"맞아. 난 오빠가 아니면 절대 안 돼."

가인이는 내 말에 화답하듯이 내 눈을 지긋이 바라보며 말했다.

"우! 여기까지 와서 애정 행각이야."

그 모습을 바라보던 예인이가 혀를 살짝 내밀었다. 그 모습이 무척 귀엽고 사랑스러웠다.

"그러니까 부지런히 남자 친구를 구해보세요."

"후! 문제는 태수 오빠 같은 사람이 없다는 것이겠지."

예인이는 가인이의 말에 짧은 한숨을 쉬며 말했다.

"나 같은 사람은 없지만 좋은 사람은 분명 있으니까, 서두르지 않아도 됩니다. 여기 옷이 잘 어울리는 것 같으니까, 몇 개 더 골라 봐."

내 말에 두 사람은 환한 미소를 지으며 매장에 걸린 옷들을 살폈다.

처음으로 하이힐을 사주기 위해 신발 판매장과 화장품 매장까지 들른 후에야 백화점을 나올 수 있었다.

나를 비롯한 두 사람의 양손에는 쇼핑백들이 한가득 들려 있었다.

"이왕 여기까지 나왔으니까 밥도 먹고 들어가자."

"짐이 너무 많은데."

내 말에 가인이가 양손에 든 쇼핑백을 들어 보였다.

"잠시만 기다려 봐."

나는 공중전화기를 들어 삐삐를 쳤다. 사실 회사를 나올 때 운전기사에게 연락을 취해놓았다.

백화점 주차장에 차를 주차해 놓았을 것이다.

삐삐를 친 후 3분 정도 지나자 검은색 그랜저 한 대가 우리 앞에 멈춰 섰다.

"차에다 짐을 실어 놓으면 될 거야."

"와, 이게 오빠 차야?"

국내에서 생산하는 자동차 중에서 가장 좋은 승용차 중 하나였다.

그랜저의 디자인은 현대자동차가 맡았고, 설계는 미쓰비시자동차공업이 담당했다.

대한민국에서 만들어진 대형차 최초의 전륜 구동 방식으로 설계되었고, 출시 후에는 대우 로얄 시리즈가 장악하던 대형차 시장에서 선두 주자로 자리매김하였다.

"그래. 업무용으로 사용하는데, 오늘은 특별히 업무 외에 이용하는 거야."

"그래도 되는 거야?"

예인이가 조금은 불안한 눈을 하며 물었다.

"물론, 대표 마음이지. 그래도 될 수 있으면 개인적인 용무에는 사용하지 않으려고. 배가 무지하게 고프니까, 빨리 싣고 밥 먹으러 가자."

내 말에 가인이와 예인이는 승용차 뒤쪽에 쇼핑백들을 내려놓았다.

　"집에 가져다 놓고 곧바로 퇴근하시면 됩니다."

　"알겠습니다."

　그는 내 운전기사이자 경호원이기도 했다. 군 특수부대 출신으로 운전이 특기였다.

Chapter 5

　우리는 백화점에서 얼마 떨어지지 않은 곳에 위치한 한 정식 전문점으로 향했다.

　전통의 방식을 고수하면서도 현대인의 입맛에 맞게끔 요리를 개발해 온 탓에 음식들이 맛깔스럽고 정갈했다.

　전통 한옥과 잘 어우러지는 한국식 정원을 갖추고 있어 예약하지 않으면 먹을 수 없을 정도로 인기였다.

　만만치 않은 음식 가격 때문에 일반인들보다는 외국 관광객과 기업인들이 주로 찾는 장소였다.

　"와! 이런 곳이 있었어?"

가인이가 고풍스러운 느낌의 한옥을 보며 말했다.

"정말 멋지다."

예인이도 소나무가 어우러진 석등과 주변에 세워진 탑들을 보면서 말했다.

"나도 얼마 전에 알게 되었는데, 음식 맛이 깔끔하고 좋아서 한번 데려오려고 했지."

"오빠 때문에 오늘 호강하네."

"앞으로도 쭉 호강시켜 드리겠습니다."

가인이의 말에 대답할 때였다. 앞쪽에서 많이 보던 사람들이 걸어오고 있었다.

"하하하! 강 대표님을 여기서 보게 되네요."

그는 다름 아닌 대산그룹의 이대수 회장이었다. 그의 뒤편으로 이중호와 이수진까지 나란히 서 있었다.

반갑게 나를 반기는 이대수 회장의 뒤편에 서 있는 이수진은 가인이와 예인이를 자세히 살피고 있었다.

"여긴 어쩐 일이십니까?"

"우리 수진이가 내일 미국으로 출국해서 가족끼리 오붓하게 식사나 하려고 왔습니다. 강 대표께서는 여길 자주 오시나 봅니다?"

"자주는 아닙니다. 여기 음식이 맛깔스러워서 저녁을 먹으려고 왔습니다."

"하긴, 음식 맛이 이만한 데가 없어요. 한데 어여쁜 이 두 분은 누구십니까?"

이대수 회장은 내 옆에 나란히 서 있는 가인이와 예인이에게 관심을 보였다.

"아, 예. 이쪽은 제 여자 친구인 송가인라고 합니다. 옆에 있는 친구는 가인이의 쌍둥이 동생인 송예인이라고 합니다."

"안녕하십니까."

"안녕하세요."

두 사람은 내 소개에 고개를 숙여 이대수 회장에게 인사를 건넸다.

"허허! 정말 예쁜 아가씨들입니다. 여기는 내 아들인 이중호고, 이쪽은 내 딸인 이수진입니다."

이대수 회장의 말에 뒤에 서 있던 이중호가 가인이와 예인이를 보며 말했다.

"반갑다. 여기서 보게 되네."

올해 서울대학교를 졸업한 이중호는 경영학과 후배인 가인이와 법대생인 예인이 또한 알고 있었다.

"안녕하셨어요."

"반갑습니다, 선배님."

"두 사람 다 중호의 후배들인가 보네요?"

이중호의 말에 이대수 회장이 가인이와 예인이에게 더욱 관심을 가졌다.

"예, 가인이는 서울대 경영학과를 전공하고 있고, 예인이는 법학 전공입니다."

"어허! 두 분 다 얼굴도 예쁘신데 공부도 잘하셨나 보네요. 우리 수진이는 미국에서 정치와 경영을 공부하지만, 앞으로 로스쿨(Law school)에 진학할 예정입니다."

하버드대학교에서 정치학과 경영학을 복수 전공하는 이수진은 법학 대학원인 로스쿨에 들어가는 것을 목표로 하고 있었다.

"두 분 모두 정말 예쁘시네요. 저는 연예인들이 들어오나 했습니다."

그녀는 가인이와 예인이에게 고개를 숙이며 인사를 건넸다.

"감사합니다. 수진 씨도 무척 미인이신데요."

가인이의 말에 이수진은 환한 미소를 지었지만, 눈은 웃고 있지 않았다.

"그렇게 봐주시니 감사해요. 한국에 다시 왔을 때 두 분께서 시간이 되신다면 자리를 함께하고 싶네요. 예인 씨는 제가 관심 있는 법을 공부하신다고 하니까 이야기가 통할 것 같아서요."

"아, 예. 다시 오시면 연락해 주세요."

예인이가 환하게 웃으면서 말했다.

"배고프실 텐데, 어서 가서 식사하십시오. 우리가 세 분을 오래 잡고 있었습니다."

"아닙니다. 그럼 다음에 또 뵙겠습니다."

이수진이 예인이에게 연락처를 받고는 슬쩍 나를 바라보았다.

우리는 이대수 회장의 일행과 인사를 건네고는 예약된 방으로 향했다.

＊　　　＊　　　＊

"두 친구 다 똑 부러지게 생겼더구나."

이대수 회장은 집으로 향하는 차에 함께 오른 이수진에게 말했다. 이중호는 약속이 있어 따로 움직였다.

"예인이란 친구는 서울대 전체 수석이고 태수 씨의 여자 친구인 가인이는 경영과 수석으로 들어왔다고 하니까요."

이수진은 가인이와 예인이의 신상에 대해서 자세히 알고 있었다.

"허허! 만만치가 않겠는데."

"상대가 만만치 않아야 승부욕이 생기죠. 태수 씨가 사귀는 여성이 일반적인 여자였다면 아마 전 태수 씨를 선택하지 않았을 거예요."

"하하하! 역시, 우리 수진이의 전의가 불타오르는구나. 하지만 말이다, 연애를 승부로 보면 가장 중요한 사랑을 잃어벌릴 수 있단다. 그리고 연인이나 부부 사이에도 사랑이 없으면 한평생 불행할 수 있어."

"저는 태수 씨가 절 사랑하게 할 자신이 있어요."

"수진아, 이 아빠도 엄마를 누구보다 사랑했고, 지금도 그 마음은 변하지 않았단다. 하지만 말이다, 내가 사랑하는 거하고 상대방이 그 사랑을 어떻게 받아들이느냐에는 큰 차이가 있단다."

이대수는 이수진이 누구보다 자신을 닮았다는 것을 잘 알고 있었다.

이수진은 타고난 승부욕이 남달라 지는 것을 누구보다 참기 힘들어했다.

또한 자신이 관심을 가진 일에 대해서는 누구보다 집중하고, 그 일에 매달려 끝장을 보기 전에는 물러서지 않은 점도 이대수를 빼닮았다.

이대수는 그러한 자신의 성격과 성질을 잘 이용하여 대산그룹을 이루어냈지만 사랑은 오히려 그러한 점 때문에 실패했다.

"저도 그 점은 잘 알고 있어요. 문제는 이젠 태수 씨 말고는 다른 남자가 제 눈에는 전혀 들어오지 않게 되었다는 거예요."

'음, 수진이에게 내가 괜한 짐을 지어준 것이 아닐까?'

이대수는 딸의 말을 듣고는 잠시 눈을 감았다.

그는 자신의 후계자로 생각하는 이중호를 대산그룹을 이끌어갈 재목으로 보지 않았다.

오히려 타고난 재질이나 가진 능력을 볼 때 이수진이 더 적합했다.

단지 이수진이 여자라는 것이 아쉬울 뿐이었다.

그래서 이대수는 자신의 딸인 이수진과 강태수가 맺어진다면 가장 이상적인 조합이라 생각한 것이다.

"하하하! 우리 수진이가 눈이 높기는 에베레스트 산보다 높은데, 그 높이를 만족시켜 줄 남자가 세상에 별로 없지."

"아빠 말이 맞아요. 제 눈에는 보통 사람은 들어오지 않아요. 아주 특별한 사람이어야만 해요."

이수진은 강태수를 그런 인물로 보고 있었다.

다양한 루트를 통해 접한 강태수는 보통 상식으로는 판단할 수 없는 인물이었다.

자신이 하버드대학교에서 배우고 있는 경영 지식과 상식으로는 이해할 수 없는 존재이기도 했다.

"강태수는 특별하긴 하지. 그래, 이왕 네가 마음먹었다면 네 사람으로 만들어 봐. 이 아빠가 네가 필요로 하는 걸 모두 지원해 줄 테니까."

"예, 그럴게요."

이수진의 눈에는 조금 전 보았던 송가인이의 모습이 비치고 있었다.

자신과 비교해도 전혀 뒤떨어지지 않은 미모를 가진 모습이……

*   *   *

"대산그룹이면 우리나라에서 세 번째로 큰 그룹이지 않아?"

가인이가 내 설명에 놀라며 물었다. 그녀도 서울대 경영학과를 다니면서 국내 기업에 관해 관심이 높아졌다.

"맞아. 현금 동원 능력은 1위라고 봐야 할 정도로 알짜배기 자회사들을 많이 갖고 있지."

"그런 대산그룹 회장을 어떻게 알게 된 거야?"

예인이가 궁금한지 물었다. 그도 그럴 것이 그룹의 회

장들은 신문이나 방송에 가끔 보이는 인물들이었지, 일반인이 쉽게 보거나 알고 지낼 수 없는 사람들이었다.

"내가 하는 사업들이 조금씩 커지고 늘어나면서 만날 기회가 생기더라."

"아까 보니까, 회장 딸도 오빠를 알고 있던 것 같던데. 언제 보기라도 한 거야?"

예상치 못한 가인이의 질문이었다.

"어, 모임에서 봤어."

갑작스러운 질문에 나도 모르게 얼떨결에 대답했다.

"무슨 모임인데 딸을 데리고 나와?"

가인이는 내 대답이 이해되지 않은 듯 다시 질문을 했다.

"어, 대기업에서 후원하는 문화 행사들이 있잖아. 거기에 우연히 참석했다가 인사를 했던 적이 있어."

'강태수, 탁월한 대답이다. 후! 식겁했네.'

"그랬구나, 상당한 미인이던데. 왠지 오빠를 바라보는 눈빛이 좀 그렇더라."

"뭐가 그런데?"

"아니, 일반적으로 상대방을 보는 눈빛이 아니라는 거지. 뭐라고 해야 할까?"

"뭔가 아쉬움이 느껴지는 눈빛."

앞에 있던 예인이가 가인의 말을 거들었다.

"그래! 아쉬움이라고 보는 게 맞겠다."

'난 아무 느낌도 없었는데… 여자 눈에는 남자가 볼 수 없는 다른 게 보이나? 여기서 흔들리면 안 된다.'

"하하하! 나랑 아무 관계도 아닌데, 뭐가 아쉬워."

난 일부로 큰 소리로 웃으면서 말했다.

이수진을 두 번이나 만났고, 그녀의 집까지 갔었다는 걸 가인이가 안다면 결코 그냥 넘어가지 않을 것이다.

그렇게 되면 난…….

"하긴, 이 남자가 큰 매력은 없는 사람인데, 회장 딸이 뭐가 아쉽다고."

"후후! 오빠가 큰 매력은 없어도 잔잔한 매력은 있잖아."

가인이의 말에 예인이가 입가에 미소를 지으며 말했다.

"장동건처럼 생기지는 않았지만, 이 정도면 어디 가서 못났다는 소리를 듣지 않는다고."

잘생긴 남자 배우로 통하는 장동건은 MBC에서 방영되고 있는 청춘드라마 '우리들의 천국' 2기에 출연하면서부터 인기를 얻고 있었다.

"그래. 그렇게 못나지는 않았지만, 그렇다고 잘생긴 얼굴은 아니잖아. 그냥 딱 맞춤형으로 내 타입일 뿐이라서 옆에 두는 거지."

가인이는 재미있는지 날 놀리듯 말했다.

항상 그렇지만 가인의 앞에만 서면 왠지 내가 작아지는 느낌이었다.

"네가 몰라서 그렇지, 내 얼굴은 국제적으로 통하는 얼굴이야. 케이티 모스도 날 보고……."

'아차! 이게 아니지.'

"케이티 모스? 그게 누구냐?"

가인이는 케이티 모스를 누구인지 모르고 있었다.

"어, 미국에 있는 닉스 현지 직원인데, 결혼한 분이야. 그분이 내 얼굴이면 충분히 미국에서도 통한다고 했거든."

내 말에 가인이는 의구심이 가득한 얼굴이었다.

"혹시! 설마, 출장을 가서 나 몰래 다른 여자 만나는 건 아니지?"

"야! 그런 말 하면 정말 섭섭하다. 그럴 시간이 없다는 걸 너도 잘 알잖아. 어렵게 시간 내서 맛있는 걸 먹으러 온 걸 보면 몰라."

때마침 내 말이 끝나자마자 주문했던 음식들이 나오고 있었다.

"그래, 언니. 내가 볼 때도 오빠가 너무 바빠. 태수 오빠가 언니를 많이 아끼고 좋아하는 모습이 항상 눈에 보이는데, 그럴 사람은 절대 아니야."

예인이가 내 편이 되어 말해주었다.

'정말 고맙다, 예인아.'

"야아! 정말 맛있겠다. 배도 고픈데 빨리 먹자."

난 재빨리 화제를 음식으로 바꾸었다.

"그러게, 냄새가 너무 좋은데."

예인이까지 음식에 관심이 있자 가인이의 표정도 바뀌었다.

"하여간 알지?"

하지만 가인이는 경고성 발언을 놓치지 않았다.

"물론이지. 이제 즐겁게 식사합시다. 여기 국화주도 주세요."

난 가인이가 음식으로 눈을 돌리는 모습을 살피며 술을 주문했다.

*   *   *

한국의 지붕이라고 불리는 개마고원을 달리는 인물이 있었다.

서쪽은 낭림산맥이, 동쪽은 마천령산맥, 남쪽은 함경산

맥과 경계를 이루는 개마고원은 5월이 되어야 눈이 녹으며 7월이면 다시 눈이 내린다고 기록되어 있다.

해발 2,000m 안팎의 고지인 이곳을 바람처럼 내달리는 인물은 다름 아닌 송 관장이었다.

그 옆으로는 개마고원에서 살아가는 늑대들이 따라붙고 있었다.

신의주 특별행정구에서 미지의 인물들에게서 겪었던 경험 때문인지 송 관장은 그날부터 수련을 위한 곳을 찾았다.

사람의 손길을 거부하는 산림 지대이자 누구도 쉽게 접근할 수 없는 개마고원이 송 관장이 바라던 이상적인 장소였다.

일반인이 출입할 수 없는 개마고원의 출입은 김평일의 도움으로 이루어졌다.

빼곡한 아름드리나무들 사이를 지나는 송 관장을 포위하기 위해 10여 마리의 늑대가 무서운 속도로 내달렸다.

순간 앞을 가로막는 거대한 바위가 나타나자 송 관장의 앞으로 송아지만 한 늑대가 날카로운 이빨을 드러내며 달려들었다.

'오늘은 다른 전략이네…….'

이미 여러 번 경험을 한 것처럼 송 관장은 달려드는 늑대를 피하기 위해 바위를 박차고 날아올랐다.

늑대는 자신보다 높게 날아오른 송 관장을 노려보며 땅으로 착지하자마자 몸을 틀어 추격하기 시작했다.

늑대의 공격은 한 번이 아니었다.

송 관장을 따라잡은 늑대들은 시차를 두고서 송 관장을 향해 이빨을 사정없이 들이밀었다.

찌이익!

결국 늑대 무리를 이끄는 갈색 암컷의 공격에 겉옷이 찢겨져 나갔다.

"역시! 애랑은 대단해!"

근 한 달 동안 송 관장을 쫓는 늑대 무리의 우두머리에게 붙인 애칭이었다.

애랑은 개마고원에서 활동하는 어느 늑대보다도 머리가 뛰어났다.

"후! 결국 여기까지네."

애랑의 공격은 송 관장의 가고자 하는 목적지의 길목을 바꾸어놓았다.

세 마리의 늑대가 날카로운 이빨을 드러내며 송 관장의 앞을 가로막고 있었다.

송 관장은 멈추지 않고 앞으로 내달렸다.

조금이라도 주저했다가는 열 마리의 늑대에게 완전히 포위되기 때문이다.

송 관장이 자신들에게 달려오자 세 마리의 늑대도 주저하지 않고 송 관장을 향해 몸을 날렸다.

늑대들이 노리는 것은 송 관장의 목과 어깨, 그리고 팔이었다.

늑대들은 제각기 다른 목표를 두고 송 관장을 노리고 있었다.

크아앙!

먹잇감을 향해 내지르는 늑대의 울음소리가 날카롭기 그지없었다.

송 관장은 당황하지 않았다.

이미 여러 번 경험한 것처럼, 허공에서 몸을 틀어 세 마리 늑대의 공격을 벗어나려 했다. 그리고 눈 깜작할 사이에 세 번의 발차기를 날렸다.

퍽! 퍼퍽!

깽! 깨깽!

찌이익!

허공에서 세 마리의 늑대들과 엇갈린 송 관장은 땅에 착지하자마자 다시금 앞으로 내달렸다.

그러나 그의 어깨에서 붉은 핏방울이 보였다.

두 마리의 늑대의 머리와 옆구리에 강력한 발차기를 명중시켰지만, 나머지 한 마리는 놀랍게도 송 관장의 발차기를 피하며 송 관장의 어깨를 물고 지나갔다.

생각보다 깊은 상처는 아니었지만 날카로운 이빨에 결국 피를 본 것이다.

"하하! 이젠 공격을 간파하네."

송 관장과 마주했던 애랑의 늑대 무리는 진화하고 있었다.

그의 공격으로 땅바닥에 주저앉았던 늑대들도 다시금 몸을 털고 일어나 송 관장을 다시 쫓기 시작했다.

송 관장은 공격에 사정을 두었다. 남한에서는 이미 멸종 동물이 된 늑대를 죽이고 싶지 않았다.

오우우우!

길게 울부짖는 소리가 송 관장의 뒤쪽에서 들려왔다.

그러자 연속해서 울부짖는 소리가 동쪽과 서쪽에서 들려왔다.

늑대는 3~11초가량 지속되는 이 소리를 이용해 9.6~11.2㎞ 떨어져 있는 자신들의 동료와 의사소통을 할 수 있다.

위급한 일이 생겨 무리를 다시 모아야 할 때 이 같은 소리를 낸다.

"후후! 확실히 날 한쪽으로 몰고 있군. 그럼 방향을 바꿔볼까."

송 관장은 자신이 원래 가려 했던 북서쪽에서 북동쪽으로 진로를 바꾸었다.

쫓고 쫓기는 추격전은 30분이 더 이어졌다.

산세가 더욱 험하고 산림이 우거진 곳에 다다르자 늑대들의 추격도 늘어졌다.

"후! 여긴 처음 와보는 곳인데……."

햇빛조차 들어오지 못하게 빽빽한 나무들이 하늘까지 닿아 있는 것처럼 느껴졌다.

우오오오!

늑대의 울부짖음은 계속해서 이어졌다.

"오늘 끝장을 보려 하는군."

5시간 넘게 이어진 추격전이었지만 늑대들은 포기하지 않은 것 같았다.

그때였다.

늑대의 울부짖음에 화답이라도 하듯이 강렬한 포효(咆哮)가 들려왔다.

크― 어훙!

산을 쩌렁쩌렁 울리는 포효는 메아리처럼 넓게 퍼져 나

갔다.

순간 송 관장은 그 소리에 자신의 의지와 상관없이 머리카락이 꼿꼿하게 일어서는 듯한 느낌이 들었다.

"설마 호랑이?"

호랑이의 포효 때문인지 연속해서 들려오던 늑대들의 울부짖음이 더는 들려오지 않았다.

사나운 늑대들도 산중의 왕인 호랑이의 영역에는 쉽게 들어갈 수 없었다.

송 관장은 긴장하지 않을 수가 없었다.

늑대와 호랑이는 비교할 수 없는 존재였다.

최상의 포식자인 호랑이를 인간이 맨손으로 상대한다는 말은 어불성설이었다.

역사책에 기록된 호랑이를 맨손으로 잡았다고 전해지는 이야기들은 대부분 다 큰 성체가 되지 않은 새끼 범들에 대한 것이었다.

멧돼지나 다 큰 황소를 단숨에 쓰러뜨리는 호랑이의 포효를 눈앞에서 들으면 대부분의 동물들은 오줌을 지리고 줄행랑을 치고 만다.

그건 인간도 마찬가지다.

"허! 이거 잘못하면 황천길로 갈 수도 있겠는데……."

송 관장은 주변을 둘러보며 손에 쥘 수 있는 돌들을 찾왔다.

하지만 깊은 숲속에서는 송 관장이 원하는 돌이 보이지
않았다.

Chapter 6

　나는 미국으로 가기 전에 국회의원이 된 장인모 충남대
교수와 광복회의 신현석을 만났다.

　"요새 많이 바쁘시지요?"

　새내기 의원이 된 두 사람은 한창 의정 활동에 의욕적으
로 나서고 있었다.

　두 사람은 운전기사 없이 손수 경승용차를 운전해 국회
에 출근하며 자신들이 약속했던 것들을 하나둘 지켜 나가
고 있었다.

　"예, 시간 내기가 힘드네요. 밖에서는 하는 일 없이 국회

의원들이 놀고 있다고 생각했는데, 막상 제가 일을 해보니까 만만치가 않습니다."

신현석이 탁자에 놓인 물을 마시며 말했다.

"이거 혼자서 동분서주해 봤자 동료 의원들이 도와주지 않으면 어렵게 준비한 법안도 그냥 사장되어 버리니 말입니다. 독불장군 식으로는 통하지 않네요."

장인모 교수가 신현석의 말을 이어받으며 말했다.

정치는 비즈니스라는 말이 있다. 자신이 하나를 얻기 위해서는 상대방이 필요한 것을 주어야만 한다는 룰이었다.

두 사람 다 소속 정당을 두지 않고 무소속으로 활동하고 있었다.

"처음부터 쉬운 것은 없을 것입니다. 정치는 비즈니스가 아니라 소명이어야 합니다. 국민에게 정치인이 욕을 먹고 외면당하지 않으려면 말입니다."

선거철만 되면 굽실거리던 정치인들 중 대다수는 국회의원이 되고 나서는 뻣뻣한 로봇처럼 허리를 굽힐 줄 몰랐다.

홍수처럼 쏟아진 선심성 선거 공약들도 당선된 이후로는 이런저런 핑계와 이유로 사라지기 일쑤였다.

"맞는 말씀입니다. 저희도 그러기 위해서 국회에 들어왔으니까요. 한데 막상 현실이 되고 나니까 제 생각과는 많은 차이가 있었습니다. 장 교수님의 말씀처럼 어렵게 준비한 법안들이 법사위도 통과하지 못하니까요."

법제사법위원회(法制司法委員會)는 국회 상임위원회 중 하나이며, 흔히 '법사위'라고 하며 법제, 사법에 관한 국회의 의사 결정 기능을 실질적으로 수행한다.

법률 제정에 있어서 해당 상임위원회의 심사를 마친 법률안은 법제사법위원회에 넘겨져 체계, 자구심사를 거치게 된다. 법사위의 체계, 자구심사를 거친 법률안은 본회의에 상정되어 심사 보고와 질의, 토론을 거쳐, 재적 의원 과반수의 출석과 함께 출석 의원 과반수의 찬성으로 의결된다.

새내기 의원인 두 사람은 열심이었다.

문제는 두 사람과 함께 보조를 맞추어주는 동료 의원이 부족하거나 없다는 점이다.

장인모와 신현석은 일반 국민이 원하는 것을 추구했지만, 대다수의 국회의원은 대기업과 가진 자들의 편이었다.

일반인들이 생각하지 못하는 로비와 도움을 받는 정치인들은 다음 선거를 기약하기 위해서라도 그들을 위해 일을 해주어야만 했다.

"그럼 어떻게 해야겠습니까?"

"저희와 생각과 방향이 비슷한 국회의원들을 모아야 할 것 같습니다."

장인모 교수의 말이 맞았다. 국회의원 한두 명으로는 거대한 기존 정치 세력과의 싸움은 달걀로 바위 치기였다.

"알아보신 사람들은 있으십니까?"

"예, 저희가 추구하고자 하는 방향과 비슷하게 뜻을 가진 사람들이 여섯 명이 있습니다. 무소속도 있고, 기존 정당에 속한 인물들도 있습니다."

신현석 의원은 상황을 빨리 파악하고 발 빠르게 움직였었다.

여당과 야당에 소속된 인물들은 각 정당에서 아웃사이더와 같은 존재들이었지만 지역구민들에게는 인기를 얻고 있었다.

정당정치와 파벌정치를 추구하는 우리나라에서 이러한 인물들은 정당 내에서 쓴소리를 자주 뱉는 존재였지만 당 내 주요 위치로는 올라갈 수 없었다.

"저희와 완전하게 생각이 같을 수는 없지만, 이 나라가 잘못된 방향으로 가고 있다는 것은 인지하고 있었습니다. 정당의 색깔을 떠나 진정 대한민국을 위하고 국민을 위해 군림하는 존재가 아닌, 사람들에게 봉사하기 위한 인물들을 모아야 합니다."

장인모 교수가 말을 덧붙였다.

그가 하는 이야기는 진정 내가 바라고 원하는 것이었다. 이 나라를 이끄는 정치인과 권력자들의 잘못된 선택과 정책으로 인해 수많은 젊은이가 꿈을 잃어버리고 방황하게 되었다.

무엇보다도 자신의 성공을 위해 경쟁자를 짓누르고 이겨야만 하는 삭막한 사회가 되고 말았다.

내가 알고 있는 역사대로 10년, 20년을 이대로 흘러간다면 이 나라는 권력자와 가진 자들에게 종속될 수밖에 없게 된다.

그 시대가 도래하자 개천에서 용은 더 이상 태어날 수 없었다.

"어떻게 하면 좋겠습니까?"

"저희처럼 강 대표님께서 그들을 후원해 주십시오. 다들 이번 선거로 상당한 빚을 져 경제적으로 힘든 것 같습니다. 더구나 자신들이 속한 정당에서도 지원을 제대로 받지 못했습니다."

미운 오리 새끼 같은 존재들이어서 그런지 중앙당 차원에서 지원되는 선거 자금도 제대로 지원을 못 받았다.

그들 중에는 공천을 받지 못해 무소속으로 출마한 후 당선되어 다시 복당한 인물도 있었다.

다들 지금까지는 불법적인 일들과 청탁을 멀리하는 인물이었다.

"음, 알겠습니다. 명단을 주시면 우선 제 나름대로 알아

본 후 결정하겠습니다."

두 사람이 확인한 인물들일지라도 검증을 철저히 해야만 했다.

"당연히 그러셔야 합니다. 저희의 조사가 미진할 수 있으니까요. 명단은 여기 있습니다."

장인모 교수가 가방에서 서류철 하나를 꺼내어 건네주었다.

서류철에는 여섯 명의 인물에 대한 사진과 이력서 형태로 만들어진 서류가 들어 있었다.

난 이 서류를 새롭게 만들어진 정보 팀과 안기부의 박영철 차장에게 건네줄 생각이다.

*   *   *

송 관장은 힘겹게 시냇물이 졸졸 흐르는 작은 시냇가를 발견했다.

그곳에서 이끼가 잔뜩 묻어 있는 돌들을 호주머니에 잔뜩 넣었다.

두 손에도 주먹보다 작은 돌 서너 개를 쥐었다.

호랑이는 늑대와 달랐다.

숨통을 죄어오듯이 아주 천천히 송 관장을 압박하고 있

었다.

모습을 드러내고 있지 않은 호랑이는 난생처음 보는 동물을 신기해하듯이 송 관장이 파악할 수 없는 곳에서 그를 지켜보고 있었다.

"이걸로 통할 수 있을까?"

산속에 흐르는 시냇가의 돌은 송 관장이 원하는 단단한 차돌이 아니었다.

자신을 노리고 있는 호랑이를 늑대들처럼 상대할 수 없었다.

더구나 여기는 호랑이의 영역이었고, 놈을 뿌리칠 자신이 없었다.

이미 늑대들과의 5시간의 추격전으로 송 관장은 지칠 대로 지쳐 있었다.

"후! 대단한 기운이야."

호랑이는 송 관장과의 거리를 서서히 좁혀 오고 있었다.

늑대들의 울부짖음도, 위협하는 으르렁거림도 없었지만 자연스럽게 풍겨져 나오는 기운만으로도 송 관장을 옭아매고 있었다.

송 관장은 자신에게 최대한 유리한 장소를 찾아 조심스럽게 움직였다.

다행인 점은 호랑이가 아직 자신에게 덤벼들지 않는다는

것이었다.

인간이란 낯선 동물을 최대한 살피는 것만 같았다.

"음, 여기라면 해볼 만하겠는데……."

송 관장이 찾은 장소는 사방에 나무들이 쓰러진 공터였다.

그나마 시야를 가릴 만한 곳도 없었다. 또한 그 옆으로는 누군가 함정을 파놓은 것처럼 깊게 함몰된 공간이 있었다.

자연적으로 생성된 삼각형의 함몰된 공간은 7~8m로 깊어 보였다. 이곳에 빠지면 호랑이라도 쉽게 나올 수 없을 것 같았다.

"이쪽으로만 유인할 수 있다면……."

그때였다.

크르르!

모습을 보이지 않았던 호랑이가 나무 사이에서 그 모습을 드러냈다.

"허! 왜 이리 큰 거야?"

호랑이를 눈으로 확인한 송 관장은 자신도 모르게 뒷걸음치고 있었다.

한국 호랑이는 평균적으로 몸통의 길이가 173~186cm이고, 꼬리 길이는 87~97cm이다. 현재까지 발견된 것 가운데 가장 큰 몸체를 지닌 한국 호랑이는 몸 전체의 길이가 390㎝에 이르렀다.

한데 지금 눈앞에 모습을 드러낸 호랑이는 작게 잡아도 400㎝를 거뜬히 넘어섰다.

동물원에서 흔히 보았던 호랑이가 아니었다.

송 관장을 노려보는 호랑이는 거대한 크기를 자랑하는 대호(大虎)였다.

움직일 때마다 머리에서부터 꼬리까지 이어지는 줄무늬가 꿈틀댔고, 그 사이에서 위엄과 용맹이 살아 뛰쳐나오는 것 같았다.

송 관장은 달아나거나 물러설 곳이 없었다.

고양이과 맹수에게 뒤를 보인다는 것은 나를 잡아먹으라는 의미였다.

송 관장을 향해 무서운 안광을 폭사하고 있는 대호를 바라보는 것만으로도 공포 그 자체였다.

대호의 발은 송 관장의 얼굴을 다 덮고도 남을 정도로 커 보였다.

그 앞발에 가격이라도 당하는 순간 끝이었다.

"침착해야 한다."

햇빛이 들어오지 않는 서늘한 숲속인데도 송 관장의 이

마에는 땀이 송골송골 맺혀 있었다.

돌을 잡고 있는 양손에는 저절로 힘이 들어갔다.

살아생전 처음으로 공포감에 사로잡힌 송 관장과 달리 대호는 무척 여유로워 보였다.

이미 잡아놓은 먹잇감으로 생각하는지 천천히 송 관장의 움직임을 관찰했다.

대호가 모습을 드러낸 순간부터 재잘대던 새들의 웃음소리가 사라져 버렸다.

마치 주변의 나무들도 이 광경에 긴장하는지 나뭇가지조차 흔들거리지 않았다.

대호의 발걸음은 송 관장의 앞 15m 정도에서 멈췄다.

으르렁!

대호의 입에서 송 관장을 위협하는 낮은 울음소리가 들려왔다.

마치 자신을 보고도 떨지 않고 있는 송 관장에게 너는 누구냐고 말하는 것처럼 들렸다.

'후! 정말 크네. 이 돌로는 꿈쩍도 하지 않을 텐데…….'

손에 쥔 돌을 던져봤자 충격은커녕 오히려 성질만 돋게 할 것만 같았다.

서로가 탐색전을 펼치듯 노려보는 순간 대호가 움직였다.

단 몇 발자국을 움직인 후 송 관장을 향해 도약을 하자 15m의 거리는 의미가 없어져 버렸다.

"이런!"

송 관장도 이 거리를 단숨에 좁혀오리라는 것을 생각지 못했다.

*　　　*　　　*

장인모 교수와 신현석을 만나고 돌아온 후 난 앞으로의 일정과 계획을 검토했다.

"신의주 특별행정구가 본격적으로 돌아가려면 앞으로 2~3년은 있어야겠지……. 러시아는 이대로만 흘러가면 나쁘지 않을 테고… 푸틴이 아닌 세르게이를 밀어주는 것은 어떨까? 그러면……."

요새 들어 머릿속에 계속해서 떠오르는 생각이었다. 기존 역사와 달라지는 것을 원치는 않았지만 사실 블라디미르 푸틴은 위험한 인물이었다.

그와 반하는 인물은 권력을 잡은 순간부터 무차별적으로 솎아냈다.

지금이라도 러시아의 정치인 중에서 나와 뜻이 맞는 인물을 밀어주면 중앙 권력을 잡을 공산이 아주 컸다.

지금의 옐친은 나의 말이라면 뭐든지 들어줄 태세였고, 권력을 잡고 있는 그의 측근들도 상황은 마찬가지였다.

러시아가 어디로 흘러갈지 잘 알고 있는 나였기에 가능한 일이었다.

더구나 나는 러시아에서 그만한 힘과 돈을 가지고 있었다.

'음, 어느 것이 대한민국에 도움이 될 수 있을까? 잘못된 판단으로 오히려 상황이 더 악화하면… 쉽지 않은 일이야…….'

권력은 사람을 변하게 만드는 마물이다.

그 맛을 접한 인물마다 어떻게든 그 맛을 유지하고 소유하기 위해 자신이 가진 모든 걸 쏟아붓는다.

권력은 세상 어떤 것보다도 중독성이 강한 맛이기 때문이다.

"후후! 내가 대통령도 아닌데 나라를 생각하고 국민을 생각하고 있으니……."

언제부터인지는 정확히 모르겠지만 길을 걷다가 문득 맑은 하늘을 바라봤을 때 느꼈던 감정이 있었다.

마치 하늘에서부터 들려온 것 같은 소리가 뚜렷이 내 귀에 전달되었다. 그 말은 울림이 되어 뚜렷하게 마음에 각인된 의미가 되었다.

그 말은 새로운 세상을 만들라는 운명적인 의미였다.

새로운 세상!

희망과 꿈이 사라져 가는 세상이 아닌, 노력한 것 이상의 높은 지위와 풍족한 생활을 즐기는, 가진 자들만의 세상도 아닌 세상을 말이다.

그 울림이 마음속으로 파고들자 내가 가진 생각들이 둑이 무너지듯 넓어졌고 바라보는 시야가 달라졌다.

그리고 지금 소명처럼 그 느낌을 지닌 채 살아가고 있다.

내가 살았던 시대에는 저성장과 장기 침체에 따른 생존의 시대였다.

대다수의 젊은이가 극심한 취업난과 안정적인 삶을 살아가기 위해 공무원을 선택하고 지원했다.

단적으로 4천 명을 뽑는 9급 국가공무원 공채에 22만 명 이상이 응모했고, 1천5백 명 모집의 서울시 9급 공무원 시험에도 13만 3천 명이 몰려 80배가 넘는 경쟁률을 기록했다.

한마디로 공무원이 된다는 것이 복권에 당첨되는 일로 비유되었다.

수도권의 일류대로 손꼽히는 대학을 졸업하더라도 취업할 수 있는 비율도 50%가 넘지 못했다.

이것은 어쩌면 주변 분위기에 휩쓸려, 세상의 거친 파도에 떠밀려서 학력으로 취직하는 길로도 답을 찾지 못해 다른 것은 생각할 수 없는 환경 때문이었다.

개인 각자의 재능과 능력은 전혀 고려하지 않는 획일적인 교육과 제도가 채 꽃을 피우기도 전에 젊음을 갉아먹는 사회가 되고 말았다.

어렵게 취업을 하더라도 힘든 노동 환경과 불안정한 고용 형태가 기다리고 있었다.

힘들게 들어간 기업에서 야간 근무는 물론이며, 주말과 휴일에도 출근해야만 하는 상황이 연속되었고, 또한 기업이 일을 가르쳐 인재를 양성하는 시대가 아니었다.

경쟁력을 갖추기 위해 대기업은 점점 더 값싼 노동력을 찾아 세계로 나갔고, 그만큼의 일자리가 국내에서 사라졌다.

더구나 지금처럼 정년은 보장되지도 않았고, 50대에 가까워지면 사실상의 권고사직이 시작되었다.

정의에 찬 분노와 정당한 저항마저 억제된 채, 극단적 양극화 사회로 치닫기 시작한 그때가 내가 살던 대한민국의 현주소였다.

그러나 지금 창밖으로 보이는 거리를 걸어가는 사람들은 다들 바쁘게 움직였고 활기가 넘쳤다.

"후후! 역동적인 모습들이야……."

지금의 사회는 열심히 일하면 뭔가를 이룰 수 있다는 희망이 엿보였다.

내가 운영하는 회사에 속한 사람들 모두가 열심히 일했고 그만큼의 결과물을 가져갔다.

세상은 여전히 올바른 방향으로 나아가지 않았지만, 지금부터 노력하면 바뀔 가능성이 충분히 있는 사회였다.

"지금 시작해야만 하겠지… 아직은 뭐가 정답인지 알 수 없으니……."

미래를 안다고 해서 모든 걸 할 수 있는 것은 아니다. 더구나 나 혼자서는 변혁의 깃발을 들 수 없었다.

Chapter 7

헉헉!

송 관장은 숨을 제대로 고를 수가 없을 정도로 숨이 차올
랐다.

지금 눈앞을 가리는 것이 핏물인지, 아니면 땀인지조차
분간할 수 없을 정도였다.

예상했던 대로 시냇가에서 주워 온 돌은 대호의 몸에 충
격을 주지 못했다.

더구나 대호는 날아오는 돌멩이를 순식간에 피해냈다.

배가 고픈 것이 아닌지, 아니면 처음 보는 인간을 좀 더

관찰하기 위해서인지 대호는 송 관장의 숨통을 단숨에 끊지 않았다.

마치 송 관장을 놀잇감으로 취급하듯이 하고 있었다.

그러나 그건 대호의 입장이었지, 송 관장의 몰골은 말이 아니었다.

입고 있던 등산복은 완전히 너덜너덜해졌고, 등과 어깨는 물론 머리에서도 피가 흘러내렸다.

정면으로 허용한 공격은 없었는데도 말이다.

송 관장은 살기 위해서 땅바닥을 수십 번 굴렀다.

크르릉!

이젠 송 관장에 대한 흥미를 잃었는지 대호는 이전보다 더한 살기를 뿜어내고 있었다.

"헉헉! 마지막이라 이거지……."

힘들게 서 있는 송 관장도 대호에게서 전해져 오는 살기를 감지했다.

그러고는 슬쩍 뒤를 바라보았다.

그곳에는 대호가 모습을 나타내기 전에 염두에 두었던 삼각형 구덩이가 있었다.

하지만 대호가 그 구덩이를 단숨에 뛰어넘을 수 있는 점프력을 지닌 것이 문제였다.

"헉헉! 여기서 죽으면 가인이와 예인이가 고아가 되고 말아……."

송 관장은 걷기조차 힘든 상황에서 마지막 힘을 짜내고 있었다.

그리고 호주머니에서 마지막 남은 돌을 꺼냈다.

시냇가에서 주워 온 돌멩이 중에서 가장 작았지만 제일 단단했다.

마지막이라서 그런지 대호는 송 관장의 모습을 천천히 관조(觀照)하는 듯했다.

으르렁!

마치 마지막 인사를 보내는 것처럼 대호가 포효했다.

그 시점을 신호로 송 관장이 등을 보이며 뒤돌아 뛰기 시작했다.

대호도 마지막 숨통을 끊기 위해서 송 관장을 향해 움직였다.

있는 힘을 다해 뛰는 송 관장을 단 몇 걸음만에 따라잡을 기세였다.

송 관장의 등 뒤로 무지막지한 살기가 덮쳐오고 있었다.

'조금만 더…….'

대호가 송 관장을 덮치기 위해 날아오를 찰나 송 관장도 땅을 박차고 날았다.

그리고 손에 쥐고 있던 돌멩이를 대호를 향해 던졌다.

'제발!'

간절함과 함께 던진 돌멩이는 바로 뒤쪽에서 맹렬한 기세로 송 관장을 덮치려는 대호의 머리를 향해 날아들었다.

팍!

너무 근접해서인지, 아니면 송 관장의 간절함이 하늘에 닿았는지 돌멩이는 정확히 대호의 미간이에 명중했다.

부— 욱!

"으흑!"

또다시 옷이 찢겨져 나가는 소리와 함께 송 관장의 신음성이 동시에 들렸다.

하지만 대호도 충격을 받아서인지 자신이 원했던 장소로 착지하지 못한 채 삼각형 구덩이의 끝자락에 떨어졌다.

수북이 쌓여 있는 나뭇잎 사이에 가려져 있었지만, 대호가 떨어진 곳은 지반이 약했다.

일반적인 백두산 호랑이보다도 머리 하나가 더 큰 대호의 무게 때문인지, 구덩이 아래로 흙들이 무너져 내렸다.

그 결과, 대호 또한 구덩이 아래로 미끄러지고 있었다.

어홍!

예상치 못한 결과에 대호는 당황한 듯 앞발을 연속해서 움직이며 구덩이로 떨어지는 것을 막으려 했지만, 그럴수록 흙은 더 빨리 무너져 내렸다.

쿵!

그리고 결국 구덩이 아래로 떨어졌다.

대호의 앞발에 가격당한 송 관장은 구덩이 앞쪽으로 떨어진 상태로 정신을 잃어버렸다.

빼곡한 나무들 사이를 비집고 들어온 오후의 햇살이 송 관장의 얼굴을 간지럽히고 있었다.

정신을 잃어버린 채 하루가 지나버렸다.

뜨거운 햇살 때문인지 송 관장의 눈꺼풀이 파르르 떨리는 동시에 그의 손이 꿈틀거렸다.

그리고 잠시 뒤 송 관장의 입에서 신음성이 들려왔다.

"으으! 죽지는 않았네……."

몸을 뒤집어 일어나려고 했지만, 힘이 들어가지 않았다.

5분 정도가 되어서야 간신히 몸을 일으킬 수 있었다.

그때였다.

어으— 헝!

분노에 찬 맹수의 소리가 뒤쪽에서 들려왔다.

"허허! 성공했구나."

대호가 구덩이에 빠져 올라오지 못하고 있었다.

송 관장은 자신의 몸을 살폈다. 피투성이였지만 다행히 뼈는 상한 곳이 없었고, 상처에서 나오던 피도 더는 흐르지 않았다.

"끙! 몸뚱이가 말이 아니네."

송 관장은 힘겹게 일어나 대호가 빠진 구덩이로 향했다.

좁은 구덩이에서 밤새 빠져나오려고 발버둥을 친 대호의 흔적이 고스란히 구덩이의 벽마다 나 있었다.

하지만 그럴 때마다 흙더미가 더 무너져 내릴 뿐이었다.

구덩이가 좀 더 넓거나 벽이 단단했다면 나올 수도 있었다.

"하하하! 꼴좋구나. 그러니까 사람에게 함부로 덤비면 안 되는 거야."

송 관장은 승자의 웃음을 내보이며 말했다.

크— 어홍!

대호는 송 관장의 말에 화답이라도 하는 듯 큰 소리로 울부짖었다.

"네가 자초한 일이야. 나는 잘못 없다."

송 관장은 말을 끝내고는 구덩이를 뒤로하고 돌아섰다.

그러자 대호의 울음소리가 달라졌다.

어— 으홍!

마치 자신을 두고 가지 말라는 애절한 말투처럼 들렸다.

이대로 송 관장이 사라지면 대호는 구덩이에서 나오지 못한 채 굶어 죽을 수밖에 없었다.

"안 돼! 꺼내주면 내가 죽을 수도 있어……."

걸어가던 발걸음을 멈추고는 고개를 저었다. 지금 그의 머릿속은 여러 가지 생각들로 복잡해져 버렸다.

자신이 이대로 떠나면 멸종 동물 중 하나인 백두산 호랑이는 죽음을 피할 수 없었다.

"저런 놈은 흔치 않은데……."

대호는 보통 호랑이가 아니었다.

애처로운 대호의 울음이 계속해서 들려오자 송 관장은 발걸음을 뗄 수 없었다.

"후! 내가 잘못돼도 태수가 두 아이를 잘 보살피겠지……."

생각을 정리한 송 관장은 주변에 쓰러진 나무를 끌어다가 대호가 빠진 구덩이에 밀어 넣었다.

그러자 대호는 비호처럼 나무를 밟고는 구덩이에서 빠져나왔다.

크르릉!

대호는 구덩이에서 빠져나오자마자 송 관장을 바라보며 낮게 울음을 토해냈다.

"후! 너하고는 싸우고 싶지도 않고, 이젠 싸울 힘도 없다."

송 관장의 말처럼 더는 움직일 힘조차 없었다. 쓰러진 나무를 구덩이에 밀어넣는 것조차 힘에 부쳤다.

으르릉!

송 관장을 위협하는 소리를 계속해서 내는 대호는 곧바로 달려들지 않은 채 그의 주변을 맴돌았다.

대호는 분명 송 관장에게 도움을 받은 것을 알고 있는 듯했다. 하지만 대호를 구덩이에 빠지게 한 것도 송 관장이었다.

"허허! 모든 걸 포기하니까, 이전처럼 두렵지는 않네."

죽음을 목전에 두자 그의 표정은 두렵거나 긴장한 기색이 없었다.

대호 또한 송 관장의 몸에서 풍겨오는 기운이 바뀌었다는 걸 인지했다.

"자! 네 마음대로 해라."

송 관장은 말을 끝내자마자 눈을 감아버렸다.

그 순간 자신이 알고 있는 여러 얼굴과 살아온 날들이 주마등처럼 스쳐 지나갔다.

'가인아, 예인아, 미안하다… 후후! 그때는 정말 행복했었지……. 태수야, 부탁한다.'

크— 어홍!

그 순간 대호가 송 관장을 향해 움직였다.

눈을 감고 있던 송 관장도 자신에게 몰려오는 거센 기운이 느껴졌다.

'이게 인생이구나……'

송 관장이 마지막을 생각하던 순간 대호는 예상과 달리 송 관장을 덮치지 않았다. 대호는 놀랍게도 그의 머리 위를 훌쩍 뛰어넘어 반대쪽 숲속으로 내달렸다.

송 관장은 매서운 바람이 자신의 얼굴과 머리를 스치며 지나가는 느낌에 눈을 떴다.

그리고 반대편 숲속으로 빠르게 사라져 가는 대호의 뒷모습을 좇았다.

"하하하! 영물은 영물이구나."

송 관장의 입에서는 호쾌한 웃음소리가 터져 나왔다. 한동안 그의 웃음소리가 깊은 숲속을 메아리쳐 울려 퍼졌다.

*   *   *

미국으로 떠나기 전날 나는 안기부의 박영철 차장을 만났다.

장인모와 신혁석을 만나면서 넘겨받은 여섯 명의 국회의원에 대한 조사가 끝났기 때문이다.

"여섯 명 중 네 명은 믿을 수 있을 것 같습니다. 이춘석 의원은 범죄 전과도 있고, 몇몇 기업들에게서 뇌물을 받은 정황이 포착되었습니다. 정명성 의원은 부인과 아들 명의로 여러 건의 부동산을 가지고 있었습니다."

이춘석은 야당인 신민주당의 2선 의원이었고, 정명성은 여당인 정민당에 속한 의원이었다.

정명성은 13대 국회의원 선거에서 실패했지만, 이번 14대 선거에서 두 번째 금배지를 달았다.

둘 다 서민과 함께하는 정치를 내세우면서 청렴한 이미지로 인기를 얻은 정치인이었다.

이춘석은 10년이 다 되어가는 승용차를 타고 다니는 것이, 정명성은 자신의 지역구에 위치한 20평대 아파트에서 전세로 가족들과 함께 사는 것이 화제였다.

김용삼 대통령은 취임 이틀 만인 1993년 2월 27일 새 정부의 첫 국무회의서 자신과 가족의 재산 17억 7,822만 원을 공개함으로써 공직자 재산공개의 첫걸음을 내디뎠다.

그러자 정부와 여당의 고위직 인사들의 재산 공개가 잇따르면서 국민들의 큰 관심을 불러일으키는 동시에 정치 사회적인 파문을 일으켰다.

그리고 5월 20일 제161회 임시국회를 통과한 공직자윤리법 개정안에 의해 9월 7일 입법, 사법, 행정부와 헌법재판소, 중앙선관위의 1급 이상 공직자와 국영 기업체 상근 임원 등 모두 1,167명에 대해 이루어졌다.

아직 공직자윤리법 개정안이 발효되지 않아서인지 이춘석과 정명성은 제대로 된 재산 공개를 하지 않고 있었다.

"한마디로 보여주기식 쇼를 한 거네요."

"예, 지금 공직자윤리법 때문에 부동산을 비밀리에 처분하려는 움직임이 있습니다."

"정말 양파처럼 속을 까봐야 알 수 있으니. 이춘석과 정명성은 배제하는 거로 하고, 나머지 네 명은 특별한 것이 없다는 것이지요?"

"예, 아직은 자신들의 신념대로 움직이는 사람들입니다. 하지만 말씀하신 대로 경제 상황이 좋지 않아 한두 명은 유혹에 넘어갈 수 있습니다."

"그럼, 제가 미국에서 돌아오는 대로 만나보도록 하지요. 이들 말고 또 다른 인물들은 없습니까?"

네 명을 합류시키더라도 여섯 명으로는 힘에 부쳤다. 적어도 두 자릿수는 되어야만 원활한 입법 활동과 여러 가지 상황들에서도 힘을 낼 수 있었다.

"9월 이후에 여러 건의 보궐선거가 있을 것 같습니다."

"그게 무슨 말씀이시죠?"

"이번 임시국회에 올라온 공직자윤리법 개정안이 통과되면 제대로 재산을 공개하지 않은 국회의원 상당수가 된서리를 맞을 수 있습니다."

김용삼 대통령으로 시작된 재산 공개로 인해서 박양실 보사부장관, 허재영 건설부장관, 김상철 서울시장이 부도 덕한 축재 시비에 휘말려 임명된 지 얼마 되지 않아 물러났 을 뿐만 아니라 많은 정치권 인사들도 재산 형성에 대한 도 덕성이 제기되었다.

법령이 발효되면 제대로 된 재산 공개를 하지 않은 국회 의원들이 여론의 뭇매를 맞을 것이 분명했다.

거기다가 부정 축재 의혹이 사실로 입증되면 국회의원직 에서 물러나는 사태는 필수 불가결한 일이다.

그렇게 되면 비게 되는 의원직에 대한 보궐선거가 치러 지게 된다.

"음, 보궐선거로 다시 승부를 본다. 그럼 우리와 함께할 참신한 인물들이 있습니까?"

"예, 어느 정도의 국회의원들이 사퇴할지는 모르지만 6~7명 의 인사와 접촉하고 있습니다. 다들 인망 있고 나라를 생각하 는 마음이 각별합니다."

안기부의 박영철 차장은 나름대로 준비를 하고 있었다.

"차라리 깨끗하고 신선한 물이 좋죠. 흙탕물에 오랫동안 섞여 있으면 자신도 모르게 물들게 되니까요. 예상되는 선 거비용을 뽑아주시면 자금을 준비하도록 하겠습니다."

"이번에는 인원이 많아서 적지 않은 자금이 들어갈 것입니다."

"하하하! 돈은 걱정하지 마십시오. 이 나라를 올바르게 바꿀 수만 있다면 얼마든지 자금을 투자할 테니까요."

내가 운영 중인 기업마다 상당한 이익을 내고 있었다. 또한 간간이 시간이 날 때마다 진행하고 있는 주식 투자로도 적지 않은 돈을 벌어들였다.

더구나 소빈뱅크에서 운영되고 있는 자금은 돈이 될 수 있는 곳마다 투자되어 상당한 이익으로 되돌아오고 있었다.

현재 러시아의 소빈뱅크는 내가 소유한 기업들의 자금줄이자 나의 개인 금고 역할도 담당하고 있었다.

*　　　*　　　*

미국행 비행기에는 닉스커피를 맡게 된 고영환 본부장이 함께하고 있었다.

비서실의 박승수 실장이 소개한 인물로 커피 분야에 상당한 노하우와 경험을 지니고 있었다.

국내 커피 시장에 저가의 원두나 인스턴트커피가 아닌 다양한 나라의 고급 원두를 들여와 판매한 것도 고영환 본부장이 처음이었다.

그는 세계 커피 시장에 통할 수 있는 브랜드를 만들자는 나의 제안을 흔쾌히 받아들였다.

고영환 본부장은 아라비카 커피의 원산지인 아프리카의 에티오피아는 물론이고 케냐와 탄자니아, 예멘, 자메이카, 콜롬비아, 브라질, 코스타리카, 인도네시아, 베트남 등 주요 커피 생산지는 모두 방문했다.

커피는 생산되는 나라와 지역은 물론 재배지의 고도와 날씨에 따라 맛과 향이 달라진다.

나라마다 다양한 특징과 맛을 지닌 와인 포도 재배와 비슷한 면을 가지고 있는 커피 원두는 정교한 재배 기술이 필요하다.

"커피는 기본적으로 짠맛, 신맛, 단맛, 쓴맛 등 네 가지 맛을 가지고 있습니다. 특히나 신맛은 고급 커피를 평가하는 척도가 됩니다."

미국으로 향하는 비행기 안에서 고영환 닉스커피 본부장은 커피에 대한 이야기보따리를 풀어놓았다.

"왜 신맛이 가장 중요합니까?"

"그것은 높은 고도에서 재배되고 철저한 품지 관리하에 얻어지는 스페셜티 커피에는 과일에서 느낄 수 있는 고급스러운 산미가 살아 있습니다. 우리나라 사람들 대부분은 인스턴트커피에 익숙해져서 커피는 쓰다는 고정관념을 가지고 있습니다만, 사실 커피는 쓴맛보다는 신맛과 단맛이 더 강하다고 볼 수 있습니다. 우리나라의 커피 문화가 발전하고 좀 더 다양한 커피를……."

고영환 본부장의 이야기에 모르고 있던 커피에 대한 지식을 알 수 있었다.

세계 3대 커피는 남미의 자메이카에서 생산되는 블루마운틴(Blue Mountain)과 하와이에서 생산되는 화와이안 코나(Hawaiian Kona), 그리고 예멘의 모카(Mocha)였다.

커피의 문외한이었던 나는 고영환 본부장으로부터 새로운 지식을 받아들이고 있었다.

"커피에서 가장 중요한 것은 한결같은 품질입니다. 커피 원두 한 포대에 불량 원두 하나라도 들어가게 되면 전체 원두의 풍미가 떨어집니다. 그래서 커피를 구매할 때 가장 신경 써야 하는 것은 커피 맛도 맛이지만, 그보다는 그 커피를 마실 때마다 같은 맛의 커피를 만날 수 있는가에 대한 여부입니다. 그것이……."

커피의 생산은 다른 자연 생산물보다도 까다롭고 노동집약적인 산업이었다.

커피 원두를 분류하는 정밀한 기계도 불량 원두를 모두 골라낼 수 없으므로 사람들이 손으로 일일이 하나하나 원두를 골라낸다.

또한 기계로 선별한 원두들에서 다시 최고급 원두들만 손으로 집적 골라내어 높은 등급을 따로 판매한다.

"하하! 제가 커피를 너무 쉽게 생각하고 있었습니다. 커피가 그렇게 다양한 줄 몰랐습니다."

"대표님께서도 이제 조금씩 알아가시면 됩니다. 커피의 매력에 빠지면 쉽게 헤어 나오지 못합니다. 앞으로 우리나라도 커피에 대한 인식과 문화가 상당히 바뀔 것으로 생각됩니다."

"예, 저도 그래서 이 사업에 투자하는 것입니다. 그러면 어떤 원두를 매장에서 사용하면 되겠습니까?"

"현재로서는 남미에서 생산되는 콜롬비아나 자메이카산 원두를 사용하는 게 물류 비용이나 품질 면에서도 나쁘지 않을 것 같습니다. 하지만 커피는 생산 지역마다 다른 특징을 무시할 수 없고, 로스팅과 커피 추출 과정에 의해 다양한 맛과 향이 만들어지거나 없어지기도 합니다. 이 점도 고려해야 할 것입니다. 또한……."

현재 닉스커피에서 사용하는 원두도 콜롬비아에서 들여오고 있었다.

마일드 커피로 유명한 콜롬비아는 콜롬비아커피생산자협회(FNC)의 감독하에 높은 품질의 커피를 생산하고 있으며, 4개의 등급으로 나누어져 있다.

"커피의 등급을 나누는 기준은 나라마다 다릅니다. 케냐 같은 경우에는 생두의 크기를, 멕시코와 코스타리카는 재배지의 고도로 등급을 매기고, 에티오피아는 결점두(Defect bean)의 개수로 커피의 등급을 결정하고 있습니다."

콜롬비아도 생두의 크기로 등급을 나누지만, 물리적 기준으로 매겨진 커피의 등급은 일종의 분류에 가깝다.

커피의 좋고 나쁨을 판단하는 절대적인 기준을 의미하지 않는 것이다. 당도를 조사해 상품의 품질이 결정되는 과일류와는 전혀 다른 개념이다.

"그러나 이 등급의 구분이 아무런 의미가 없는 것은 아닙니다. 재배지의 고도에 따라서 같은 품종의 커피라도 맛의 변화가 있게 되고, 결점두의 수가 적어지면 맛의 순수성과 경향성이 높아지는 특징이 생깁니다."

"하하하! 정말 배워야 할 게 한둘이 아닌 것 같습니다."

"하하! 커피를 좋아하게 되면 자연적으로 알게 되니까 너무 걱정하지 않으셔도 됩니다. 지금처럼만 대표님께서 관심을 두신다면 닉스커피는 미국에서도 성공할 수 있습니다."

고영환 본부장이 벌였던 개인 사업이 한국에서는 커피에 대한 인식 부족으로 작은 실패를 겪었지만 닉스커피에서는 분명 성공할 수 있을 것이라는 확신이 들었다.

45살인 고영환 본부장은 누구보다도 커피에 대한 사랑과 열정을 가지고 있었고, 그에 따른 지식 또한 갖추고 있었기 때문이다.

*　　　*　　　*

개마고원을 내려다볼 수 있는 북수백산에 올라선 송 관장의 모습은 야인이나 다름없었다.

북수백산은 높이 2,522m이며 개마고원의 서부를 남북으로 뻗은 부전령(赴戰嶺)의 주봉이다.

깎지 못한 수염과 길게 자란 머리카락, 그리고 누더기처럼 변한 옷차림.

좋게 보면 야인이고, 눈으로 보이는 모습은 완벽한 상거지였다.

얼굴은 햇빛에 검게 그을고 몸은 이전보다 말랐지만, 눈빛만은 더욱더 투명해지고 생기가 넘쳐났다.

"정말 장엄하구나!"

끝이 보이지 않을 것처럼 넓게 펼쳐진 산림 위로 붉은 태양이 솟아오르고 있었다.

이대로 영원히 지속될 것만 같은 어둠이 넘실대는 햇빛에 고통을 느끼는지 서둘러 물러나고 있었다.

그 광경이 너무나 아름답고 장엄했다.

태양이 북수백산 정상에까지 빛을 뿌리자 송 관장의 모습이 더욱 눈에 들어왔다.

어깨와 팔은 물론이고 다리에도 대호(大虎)에게서 당한 상처가 고스란히 드러나 보였다.

온몸 곳곳에 길게 이어진 상처마다 알 수 없는 약초들이 붙여져 있었다.

그리고 그의 등에 멘 가방에는 북수백산에서 캔 천종산삼 두 뿌리가 들어 있었다.

하나는 50년 정도 되어 보이는 산삼이었고, 다른 하나는 족히 100년 가까이 되는 천종산삼이었다.

한때 송 관장은 수련을 위해 지리산과 월악산에서 지내면서 약초에 대한 지식을 익혔다.

지금 이곳 개마고원의 산들에는 남한에서 볼 수 없었던 풍부한 약초들이 지천으로 널려 있었다.

출입이 통제되고 사람의 손길이 닿지 않아서인지 동식물들이 한반도의 어느 곳보다 많고 풍부했다.

"꿈에 영미가 보이더니, 이런 산삼을 보게 될 줄이야."

김영미는 하늘로 먼저 떠난 송 관장 부인의 이름이었다.

가방에서 천종산삼을 꺼내 든 송 관장은 산삼에 묻어 있는 흙을 대충 털어내고는 산삼을 그대로 씹어먹었다.

그러자 산삼에서 풍겨나오는 특유의 향이 입안 가득히 퍼져 나갔다.

　뿌리에서부터 줄기, 그리고 잎사귀 하나까지 다 씹어 먹자 순간 눈이 시원해지고 코가 뻥 하고 뚫리는 느낌이었다.

　그리고 지독한 산삼의 향과 뜨거움이 배 속에서부터 올라왔다.

　"이거 보통이 아닌데……."

　100년 산삼을 다 먹은 송 관장은 북수백산의 정상에서 가부좌를 틀며 긴 호흡을 뱉어내기 시작했다.

Chapter 8

　미국에 도착하자마자 정신없이 시간을 보냈다.

　주된 목적은 닉스커피의 확장과 판매점을 넓히는 것이었지만, 닉스 신발의 미국 내 판매량이 급속도로 늘어나면서 판매망을 더 늘려야 하는 상황이었다.

　나와 김석중 본부장이 예측한 올 한 해 판매 신장률이 벌써 두 배를 넘어서 버리고 말았다.

　꾸준하게 인기를 끌고 있는 조던 시리즈와 함께 TV 광고가 시작되었기 때문이다.

　마이클 조던이 그동안 닉스 신발을 신고서 펼쳤던 경기

장면 중 가장 역동적인 장면들만 편집해 광고를 내보냈다.

그리고 새로운 시작이라는 'New Beginning' 이라는 문구가 마지막을 장식하는 광고였다.

상당히 정성을 들인 광고였고, 돈을 들여서 주요 방송 시간대에 집중적으로 내보냈다.

"하하하! TV 광고를 기대하긴 했지만, 이 정도로 반응이 뜨거울 줄 몰랐습니다."

김석중 본부장이 얼굴 만면에 웃음을 머금고 말했다.

"닉스에 대한 입소문이 나고 사람들의 관심이 몰렸을 시기에 적절하게 광고가 나간 덕분인 것 같습니다."

TV 광고 타이밍이 정말 잘 맞았다. 닉스에 대한 관심이 있던 사람들에게 신뢰를 주는 광고였다.

사실 마이클 조던과 계약을 맺었지만, 광고에 활용한 것은 대부분 그의 사진을 이용한 것뿐이었다.

이번에야 마이클 조던의 명성을 제대로 이용한 것이다. 그리고 올해 시카고 불스의 성적도 좋았다.

모든 상황이 닉스에 유리하게 돌아가고 있었다.

"제가 이곳에 와서 느끼는 것이지만 정말 대표님이 얼마나 뛰어난 분이신지 알게 되었습니다. 국내에 다른 신발 업체들은 꿈도 꾸지 못하는 것들을 해내고 있으니까요."

김석중 본부장은 조금은 흥분된 상태였다.

그도 그럴 것이 상반기가 지나가기도 전에 닉스가 목표로 했던 판매율을 초과 달성한 것이다.

문제는 생산력이 한계에 달한 부산 공장이었다.

미국으로의 수출을 늘리기 위해서는 국내 공급량을 줄일 수밖에 없는 상황이었다.

"닉스의 모든 식구가 한마음 한뜻이 되어서 노력한 결과입니다. 한데 문제는 생산량인데, 이걸 당장 해결할 방법이 없습니다."

이번 달에도 생산 인력 30명을 추가로 뽑았다.

이젠 3개의 생산 공장들에는 비어 있는 공간이 없어서 생산 시설을 더 늘릴 수도 없었다.

30명의 인력은 피로도가 높아진 생산직 직원들에게 쉬는 날을 만들어주기 위해서 뽑은 것이다.

"음, 일본과 러시아로의 수출도 늘었다고 하니까, 이거 여기만 신경을 써달라고 할 수도 없고."

김석중 본부장의 말처럼 미국만 판매량이 늘어난 게 아니었다. 일본과 러시아는 물론 유럽 쪽으로도 판매량이 늘고 있었다.

"국내에서 판매되는 신발 수량을 이쪽으로 돌릴 수밖에 없습니다."

신의주 특별행정구에서 건설 중인 닉스 공장은 빨라야

내년 후반기에나 가동할 수 있었다.

"국내도 공급이 부족하지 않습니까?"

"현재는 간신히 수요와 공급을 맞추고 있습니다. 올해 계획된 판매점 개설은 다음으로 연기해 우선은 미국에 주력해야 할 것 같습니다."

"국내 시장을 축소하시겠다는 것입니까?"

"아닙니다. 현상 유지라고 해야겠지요. 신규 제품들의 출시가 이전보다도 빨라지고 종류도 4~6개로 늘어났습니다. 그 덕분에 소비자들의 선택 폭은 넓어지고 제품의 질도 좋아졌습니다."

닉스에서는 다양한 신제품들이 분기별로 발표되고 있었다. 우표를 수집하듯이 신발도 수집 대상으로 삼을 수 있다는 것을 보여준 것이 분기별로 나오는 닉스 컬렉션이었다.

더구나 한정된 수량으로 생산되었고, 일련 번호가 들어가기 때문에 수집가들에게는 인기가 높았다.

누가 보더라도 빼어난 디자인과 다양한 시도들을 통해서 닉스는 국내의 신발 업체와는 다른 길을 걸어가고 있었다.

이젠 국내 업체들은 닉스의 경쟁 상대가 되지 못했다.

"닉스의 앞선 선택은 대표님이 아니었다면 할 수 없었을 것입니다. 한데 국내 시장의 공급이 빠듯하면 미국으로 돌릴 수량이 없겠네요?"

"백화점의 공급 수량을 조절하고 중국에 배정해 놓은 수량을 축소하면 얼추 가능하지 않을까 생각됩니다."

신세계백화점에서 요청했던 전국 지점으로의 진출을 보류하고 중국으로의 수출 물량도 미국으로 돌릴 생각이다.

중국은 아직 닉스에 대한 관심이 생각보다 일어나지 않았다. 가격적인 측면에서도 아직은 중국 소비자에게 닉스 신발은 부담이었다.

중국 수출을 염두에 두고서 생산되는 신발의 일정 부분을 평택 물류 창고에 보관 중이었다. 이 물량을 미국으로 보내면 신규 판매점에 공급할 수량이 나올 수 있었다.

거기에다가 기존 백화점 내의 판매점 크기를 확대할 계획을 백지화시키면 국내 공급량도 일정 부분 미국으로 돌릴 수 있었다.

현재 닉스는 신세계백화점과 롯데백화점, 그리고 미쓰코시미도파에 입점해 있었다.

"정말 부산에 계신 한광민 부사장님이 않는 소리를 하시는 이유를 알겠습니다. 생산 시설을 늘려도 판매량이 그보다 빠르게 늘어나니 말입니다."

한광민 소장의 공식 직책은 부사장이었다. 하지만 늘 연구소장으로 불리길 원했고, 나만 소장님이라는 호칭을 썼다.

"하루라도 빨리 신의주 공장이 완공되어야지요. 그러면 이런 편법을 쓰지 않을 테니까요."

"예, 미국에서 너도나도 사겠다고 하는데 공급을 못 해주니 말입니다. 저는 늘 이런 날을 꿈꿔왔었는데, 닉스에서 이러한 일을 겪게 되니 기분이 정말 좋습니다."

OEM(주문자 상표 부착 생산)으로 만들어진 신발은 미국에 많은 수출이 이루어졌지만, 당당히 자기 상표를 가지고서 미국과 일본은 물론 유럽까지 영역을 넓히고 판매량이 급격하게 늘어난 신발 업체는 국내에는 전혀 없었다.

아니, 앞으로도 나올 수 없는 일이었다.

*　　　*　　　*

닉스커피의 사무실은 시카고에 두기로 했다.

닉스가 사용 중인 뉴욕 사무실을 쓰려고 생각해 봤지만, 닉스커피 또한 큰 성장세를 예상하기 때문에 별도의 사무실을 두기로 했다.

닉스와 함께 복합 매장으로 설립하려고 했던 시카고 판매장도 닉스커피만의 독립적인 매장으로 가져가기로 계획을 바꾸었다.

시카고 시내는 강남구와 서초구를 합쳐놓은 듯한 크기이

며, 승용차를 타면 20분 이내로 돌아다닐 수 있다.

닉스커피는 시카고 도심의 이스트 체스넛 스트리트에 위치한 5층 건물에 자리를 잡았다.

주변에 고층 빌딩들이 즐비하게 늘어선 지역이었다.

750만 달러를 투자해서 매입한 건물은 조금 낡아 보였지만 리모델링을 하면 나름대로 특색이 있는 건물로 변모할 수 있는 구조로 되어 있었다.

닉스커피에 대한 투자를 1천만 달러로 잡았지만, 이 건물을 보는 순간 바로 투자금이 늘어나고 말았다.

시카고 외에 다른 지역과 도시에도 커피 판매장을 열어야 하기 때문에 투자금은 500만 달러가 추가되었다.

1층과 2층을 모두 커피 판매장으로 꾸미고 3층은 새로운 음료를 개발하는 장소로, 나머지 층은 사무실로 쓰기로 했다.

또한 시카고 시내에 추가로 닉스매장과 닉스커피가 함께 들어서는 복합 판매장도 설립하기로 결정했다.

닉스커피는 뉴욕에 이어 시카고에도 2개 이상의 매장을 갖춘 지역이 되었다.

독립적인 단독 커피 매장과 함께 신발과 커피 두 가지 상품이 하나로 이어지게 만든 복합 매장을 비교하여 앞으로 두 회사가 어떤 방식으로 나아갈지를 결정할 것이다.

닉스커피를 맡게 된 고영환 본부장은 나의 자금력에 놀라고 있었다.

닉스커피라는 명칭을 쓰지만, 실질적인 투자 자금은 닉스에서 모두 나오는 게 아니었다.

계획된 투자자금에서 500만 달러가 추가로 들어가는 상황에서도 아무렇지 않게 자금이 투자되는 걸 보자, 자신이 생각했던 것 이상으로 닉스커피가 커질 수 있다는 확신을 가진 것이다.

"제가 투자를 받기 위해 여기저기 투자자를 찾았을 때 돈이 얼마나 귀한지를 알게 되었습니다. 대표님께서 제 말 한마디에 그 자리에서 건물을 매입할 줄은 정말 몰랐습니다."

고영환은 커피 원두 사업을 펼치기 위해서 상당히 많은 곳을 찾아다니며 투자를 받으려고 했지만 원하는 결과를 얻지 못했다.

한마디로 커피 사업에 대한 정보와 인식 부족 때문이었다.

"하하하! 저는 확신을 했기 때문에 투자를 한 것입니다. 더구나 이젠 제 사람이라고 생각한 사람의 말을 믿지 않으면 함께 꿈을 이루어갈 수가 없지요."

"하하! 대표님의 말씀을 들으니 힘이 납니다. 대표님 주변에 훌륭한 분들이 모여드는 이유도 확실히 알게 되었습니다. 사실 전 이곳에 오기 전까지도 대표님의 말씀을 긴가민가했습니다. 이런 말씀을 드리면 어떻게 생각하실지 모르겠지만, 제 눈에 보이는 대표님의 모습이 너무 앳돼 보였으니까요."

누구나가 처음 날 보며 느끼는 감정이었다.

21살인 어린 나이에다가 외모도 한두 살은 어려 보이는 내가 큰 사업체들을 이끌어가는 모습이 거짓말처럼 느껴질 만했다.

"하하하! 어린 것은 사실이니까요. 하지만 이래도 생각하는 방향은 고 본부장님과 비슷할 것입니다."

"저도 대표님과 이야기를 하다가 느끼는 것이지만, 제 친구와 이야기를 나누고 있다는 착각을 할 때가 있습니다. 사업을 일찍 시작하셔서 그런지, 생각이나 말씀하시는 게 꽤 성숙하신 것 같습니다."

'후후! 나도 젊은 친구들과 이야기하는 것보다 편합니다.'

"제가 어릴 때부터 애늙으니 소리를 자주 들었습니다. 말씀하신 대로 사업을 하다 보니까 생각도 많아져서인지 말투가 더 늙어 보입니다."

"하하! 저는 좋은데요. 하지만 젊은 친구들에게는 그런 소리를 들으실 것 같습니다."

"하하하! 그렇죠."

그때였다.

탁자에 놓인 전화의 벨이 울렸다. 나와 고영환은 시카고 호텔에 묵고 있었다.

"여보세요? 아, 잠시만 기다리십시오."

수화기를 들었던 고영환 본부장이 내게 전화기를 건넸다.

"여자분입니다. 목소리가 아주 예쁜데요."

"가인이는 여기 전화번호를 모를 텐데……. 여보세요?"

가인이는 호텔 전화번호를 몰랐고, 슈퍼모델인 케이티 모스는 유럽에 있었다.

─저예요, 이수진.

수화기에서 들려온 목소리의 주인공은 대산그룹의 이수진이었다.

이수진은 세미나에 참석하기 위해 시카고를 찾았다. 그녀는 시카고호텔에서 얼마 떨어지지 않은 트럼프 인터내셔널 호텔에 머물고 있었다.

"제가 시카고에 머물고 있다는 것은 어떻게 아셨습니까?"

솔직히 미국에 와서 이수진에게 연락할 마음이 없었다.

"알지 못했어요. 운명처럼 저도 이곳에 오게 된 것이죠. 놀라신 것 같아요?"

"예, 조금 놀랐습니다. 그런데 여긴 어쩐 일로?"

"세미나가 있어서요. 박사 과정의 대학원생들이 주로 참석하는 정치 세미나인데, 어쩌다가 저도 오게 되었네요. 근데 정말 오길 잘한 것 같아요. 이렇게 보고 싶은 사람도 볼 수 있게 되어서요."

하얀 이를 드러내며 말하는 이수진의 표정은 무척이나 해맑았다.

"제가 보고 싶으셨습니까?"

"그럼요, 태수 씨하고는 통하는 게 많아서요. 그리고 정말 우리 인연이 있나 봐요. 이렇게 넓은 미국 땅에서 태수 씨가 방문한 곳에 제가 오게 되니 말이에요. 거기다가 우연히 태수 씨를 거리에서 보게 될 줄은 전혀 몰랐으니까요."

이수진이 나에게 호감을 내보이는 것은 알고 있었다. 그녀는 차로 호텔로 이동하다가 고영환 본부장과 함께 거리를 걷고 있는 나를 본 것이다.

"후후! 그렇긴 하네요. 공부는 재미있으세요?"

"재미있을 때도 있고 아닐 때도 있어요. 어떨 때는 이곳에서 내가 뭐 하고 있는 거지라는 생각도 들고요. 하지만 어쩌겠어요, 제가 선택한 길인데. 끝까지 완주는 해봐야죠."

이수진은 자신의 목표와 생각이 확실한 여자였다. 재벌가에서 태어나 쉬운 길을 걸어갈 수도 있지만, 그녀는 자신의 목표를 향해서 매진하는 성격이었다.

"이국땅에서 혼자서 생활하는데 외롭지는 않으세요?"

"외로움이 저에게는 제일 무서운 적이죠. 엄마도 한국으로 완전히 들어가셨으니까요. 한데 오늘 같은 날은 그동안 축적했던 외로움을 모두 날리는 날이에요. 태수 씨가 제 앞에 떡하니 있으니까요."

말을 하는 이수진은 정말 기뻐하는 표정이었다.

"제가 수진 씨의 외로움까지 날릴 수 있는 사람입니까?"

"예, 제가 좋아하는 사람이니까요."

"……."

이수진의 말에 나는 순간 할 말이 없었다. 그리고 내 의지와 상관없이 가슴이 뛰었다.

'내가 왜 이러지…….'

"풋! 제가 또 놀라게 해드렸네요. 하지만 사실이에요."

말없이 탁자에 놓인 음료수를 마시자 이수진은 웃음을 내보이며 말했다.

"음… 제가 왜 좋으십니까?"

솔직히 궁금했다.

이수진은 국내 굴지의 재벌가의 딸에다가 미국 최고의 명문 대학으로 손꼽히는 하버드 대학에서 장학금을 받고 다니는 수재였다.

거기다 당대 최고의 여배우로 추앙받던 어머니의 미모를 고스란히 물려받은 덕분에 어디를 다녀도 주목을 받았고 관심의 대상이었다.

이수진은 여자들이 원하고 바라는 모든 것을 가진 여자로서 한마디로 완벽했다.

그런 이수진이 나를 좋아한다는 말이 믿어지지가 않았다.

"솔직히 전 저를 넘어설 남자가 없을 것으로 생각했어요. 한마디로 저에 대한 자부심과 자존감이 대단했죠. 그런데 태수 씨를 만나고 나서 그 모든 게 허물어졌어요. 지금도 그 이유가 뭘까 생각해 보지만 아직은 답을 찾을 수가 없네요. 그리고 전 그렇게 상냥하고 친절한 여자는 아니에요. 그런데 이상하게 태수 씨 앞에서는 순한 양처럼 되네요. 이런 감정도 처음이고요……."

이수진은 솔직하게 모든 걸 이야기했다.

"태수 씨에게 잘 보이고 싶은가 봐요. 여자 친구분이 있다는 것도 잘 알고 있는데도… 이럴 때는 저도 어쩔 수 없는 여자인가 봐요. 후후! 제가 좀 우습죠?"

갑작스러운 이수진의 고백에 당황스러웠다. 그러나 이수진이 가지고 있는 감정을 조금은 알 것 같았다.

"아닙니다. 너무 갑작스러워서요. 수진 씨는 제가 볼 때는… 아니, 누가 보더라도 모든 걸 가진 사람입니다. 저보다는…….."

"재미없네요, 그런 말은. 그냥 제가 좋아하게 해주세요."

이수진은 나의 말을 가로채듯이 막았다.

"힘드실 것입니다. 저도 예전에… 아니, 제 친한 친구가 이런 경험을 했습니다. 내가 좋아하는 사람 옆에 다른 사람이 있다는 것 말입니다."

내가 그랬었다. 한때 남자 친구가 없는 줄 알고서 회사의 여직원을 열심히 좋아했었다.

나에게 늘 친절하게 대해주었고 회사 일도 도움을 많이 받았었다. 그러한 모습에서 그녀가 나에게 호감을 느끼고 있다고 생각했다.

날을 잡아 그녀에게 좋아한다고 고백을 하려고 했을 때 그녀가 나와 가장 친했던 회사 동료와 이미 사귀고 있다는 걸 알게 되었다.

그때 그녀에게서 느꼈던 배신감이 한동안 날 떠나지 않았다.

그녀의 입장에서는 자신과 사귀고 있는 남자의 친한 친

구에게 호의를 베푼 것뿐이었다.

사실 그리 화낼 일도 아니었고 그녀의 잘못도 없었다.

오로지 내가 혼자만의 상상에 사로잡혀 북 치고 장구 치고 했을 뿐이었다.

하지만 친구 놈에게 환한 웃음을 보여주는 그녀의 모습 때문에 너무나 가슴이 아팠다.

그때 내가 느꼈던 감정이 이수진의 감정과는 조금은 다를지라도 마음이 아프다는 것은 같을 것이다.

"알아요. 그것도 제 선택이에요. 한국에서 태수 씨 옆에 서 있던 가인 씨를 보았을 때 여기가 너무 아팠어요. 그런데 우습게도 한편으로는 내가 태수 씨 옆에 서 있다면 얼마나 좋을까 하는 생각이 들더라고요."

이수진은 자신의 가슴에 손을 대면서 말했다. 그 모습에 왠지 그녀를 감싸 주고 싶다는 마음이 일어났다.

"그때 느꼈어요, 내가 정말 태수 씨를 많이 좋아하는구나. 엄마는 늘 제게 말해주었어요. 너는 가슴이 뛰는 사랑을 하라고요. 한데 전 지금 이곳이 미칠 듯이 뛰고 있어요."

자신의 가슴을 손으로 가리키면서 나를 뚫어지게 쳐다보는 이수진의 눈동자는 투명한 호수처럼 바닥을 다 드러내 보였다.

숨김없이 모두…….

*　　　*　　　*

송 관장은 또다시 쫓기고 있었다.

이번에는 스무 마리의 늑대가 송 관장을 쫓았다.

송 관장을 포기하지 않은 애랑이 다른 무리의 늑대들을 흡수했다.

이제는 더욱 넓게 포위망을 갖춘 채 송 관장이 나갈 방향을 막아섰다.

"이런!"

서커스에서나 나올 법한 공중회전을 하면서 송 관장은 바위 위에서 갑작스럽게 습격을 한 늑대의 공격을 아슬아슬하게 피했다.

이제는 바위에 숨어 있다가 송 관장이 지나는 길목에서 습격을 했다.

전에는 볼 수 없었던 형태의 공격이었다.

송 관장에 대한 공격은 거기서 멈추지 않았다. 그가 나아가는 방향에서 두세 마리의 늑대가 연달아 습격을 해왔다.

무리의 수가 많아지자 송 관장의 뒤를 쫓는 무리와 송 관장이 나갈 방향에 숨어서 기다리는 무리로 나누어졌다.

이 모든 게 늑대 무리를 이끄는 애랑의 지시로 이루어지는 것이었다.

아— 우우오!

송 관장의 앞뒤 사방에서 들려오는 늑대들의 울부짖음이 더욱 잦아졌다.

"헉헉! 오늘은 정말 날을 잡았구나."

송 관장은 이제까지 늑대와의 싸움에서 살수를 쓰지 않았지만, 오늘만은 가방에 넣어두었던 군용 단검을 쓸지 모른다는 생각이 들었다.

더구나 늑대들은 자신들이 원하는 방향으로 송 관장을 몰고 있었다.

2시간의 추격전은 결국 송 관장을 막다른 길로 몰아넣었다.

이전처럼 늑대를 따돌리기에는 추격하는 늑대의 수가 너무 많았다.

"헉헉! 결국 여기까지인가 보네."

높은 절벽으로 가로막힌 계곡에서 송 관장은 멈추고 말았다.

적어도 20여 미터는 족히 되어 보이는 가파른 절벽을 지금의 몸 상태로는 오르기 힘들었다.

뒤를 돌아서자 입구를 막고 서 있는 늑대들이 날카로운 이빨을 드러내며 송 관장을 위협했다.

대여섯 마리의 늑대가 더 늘어났다. 5분 정도 지나자 애랑을 비롯한 20여 마리의 늑대가 송 관장을 넓게 포위했다.

"후! 너희도 지독한 놈들이다."

한숨을 내쉬며 말하는 송 관장의 말처럼 애랑이 이끄는 늑대 무리는 집요하게 그를 쫓았다.

마치 인간이 이곳에 발을 들여놓아서는 안 된다는 듯이 말이다.

"이렇게 나오면 나도 이젠 어쩔 수가 없지."

송 관장은 등에 멘 가방에서 군용 단검을 꺼내 들어 허리춤에 꽂았다.

지금껏 송 관장은 늑대와의 충돌에서 최대한 살생을 피해왔었다.

하지만 지금 생사의 갈림길에서 지켜왔던 약속을 깰 수밖에 없었다.

막다른 길에 몰린 송 관장의 표정은 이전처럼 당황한 기색이 없었다. 대호(大虎)와의 생사결투를 겪은 이후부터 송 관장은 크게 달라져 있었다.

그는 이제 두려움의 존재를 다르게 느끼게 되었다.

단숨에 몸뚱이를 찢어발길 것 같은 늑대들의 위협도 이제는 담담하게 받아들이고 있었다.

늑대들도 달라진 분위기를 감지했는지 섣불리 움직이지 않았다.

그러나 무리를 이끄는 애랑이 앞으로 나서자 늑대들이 하나둘 송 관장을 향해 달려들기 시작했다.

Chapter 9

　이수진의 마음을 받아들일 수는 없었다.

　그 때문인지 그녀의 고백이 아련하고 애처롭게 느껴졌다.

　만약 가인이가 없었다면 이수진과의 만남도 생각해 볼 수 있었을지도 모른다.

　'눈이 무척 아름답구나.'

　"뭐라고 해야 할지… 미안합니다, 수진 씨."

　그녀의 고백에 해줄 말이 없었다. 아무것도 해줄 수 없는 미안함이 마음을 무겁게 했다.

"아니에요, 미안하지 않으셔도 돼요. 그리고 신경 쓰지 마세요. 저 혼자 태수 씨를 좋아하는 거니까요."

애써 밝은 웃음을 보여주는 이수진의 미소가 왠지 슬퍼 보였다.

혼자 하는 사랑이 얼마나 아프고 슬픈지 잘 알기 때문이다.

'후! 마음이 무거워지네. 왜 나 같은 사람을⋯⋯.'

눈앞에 있는 이수진은 어디 하나 모자람 없는 여자였다.

"혼자서 하는 사랑은 무척 힘들고 외롭습니다. 그러니까 처음부터⋯⋯."

난 말을 끝까지 할 수 없었다. 이수진의 손이 테이블에 올려진 내 손을 잡았기 때문이다.

"괜찮아요, 태수 씨가 절 이렇게 생각해 주니까."

이수진이 잡은 손을 뿌리칠 수 없었다.

"⋯⋯."

말없이 이수진을 바라보자 그녀는 잡은 내 손을 살며시 놓았다.

"한 번쯤 잡아보고 싶었어요. 그리고 전 강한 사람이에요. 늘 혼자서 잘 헤쳐 나가거든요. 그러니까 너무 걱정하지 않으셔도 돼요. 그냥 이대로 태수 씨를 볼 수만 있으면 전 그걸로 만족해요."

이수진의 말에 난 더 이상 말을 할 수 없었다.

＊　　＊　　＊

깽!

또 한 마리의 늑대가 송 관장의 손에 의해 땅바닥으로 힘없이 주저앉았다.

이미 그의 주변으로는 네 마리의 늑대가 숨이 끊어져 있었다.

하지만 송 관장 또한 오른쪽 다리와 왼쪽 어깨에서 피가 흘러내렸다.

"헉헉! 이놈들도 지독하네."

다섯 마리의 늑대가 송 관장에게 당했는데도 늑대 무리는 물러설 기미가 전혀 없었다.

문제는 대호와의 싸움에서 입었던 상처가 다 아물지 않아 제대된 움직임을 펼칠 수가 없다는 것이었다.

그 때문에 체력도 빨리 떨어져 갔다.

"산 넘어 산이라고. 헉헉! 한고비 넘겼다고 생각했는데……."

늑대의 이빨에 찢긴 오른쪽 다리의 감각이 무뎌지고 있었다. 생각보다 피가 많이 흘러나오고 있었다.

늑대들도 송 관장이 지쳤다는 걸 아는지 이번에는 다섯 마리가 한꺼번에 달려들 태세였다.

"차라리 늑대보다는 대호에게 당하는 게 나을 뻔했네……."

지금의 몸 상태로는 남아 있는 15마리의 늑대를 상대할 수 없었다.

피가 뚝뚝 떨어지는 대검을 움켜쥔 송 관장은 남은 힘을 끌어냈다.

"와라! 날 건드린 대가는 치르게 하고 갈 테니까."

송 관장의 외침에 늑대들이 그를 향해 달려들었다.

그때였다.

크— 어홍!

산과 계곡을 쩌렁쩌렁 울리는 포효가 뒤쪽에서 들려왔다.

포효 때문인지 나에게 맹렬히 달려들던 늑대들이 순간 그 자리에 멈춰버렸다.

늑대들은 송 관장을 바라보고 있지 않았다.

송 관장은 늑대들이 바라보는 곳으로 고개를 돌렸다. 송 관장의 시선이 머문 곳은 그의 뒤편 절벽 위였다.

그곳에서 송 관장과 사투를 벌였던 대호가 늠름한 자태로 포효하고 있었다.

늘대들은 대호의 출연에 당황한 듯 뒷걸음치려 했다. 하지만 무리를 이끄는 애랑은 그걸 허락하지 않은 듯 길게 울부짖었다.

우오오우!

그러자 뒤로 물러나려 했던 늘대들이 다시금 이빨을 드러내며 나에게 덤벼들려는 태세를 갖췄다.

"이거 자칫하면 고래 싸움에 새우 등 터지는 것이 아닌지 모르겠네."

대호는 늘대들의 행동에 무척이나 화가 난 듯 으르렁거렸다.

산중왕인 자신의 출연에도 늘대들의 행동이 바뀌지 않은 것에 불만을 드러낸 것 같았다.

다섯 마리의 늘대는 송 관장에게로, 나머지 열 마리의 늘대는 대호를 경계하기 위해 옆쪽으로 빠졌다.

"이놈들은 호랑이도 무서워하지 않나."

늘대들이 아무리 무리를 지어 대항한다 해도 송 관장이 경험했던 대호는 달랐다.

다른 호랑이를 겪어보지는 못했지만, 대호의 압도적인 힘 앞에서 송 관장은 죽음만 생각했었다.

늘대들의 눈에 비친 대호가 일반적인 호랑이였다면 해볼 만했을 것이다.

앞쪽으로 나와 있던 늑대 하나가 송 관장에게 달려들려고 하는 순간이었다.

절벽 위에서 내려다보던 대호가 몸을 날렸다.

허공에서 송 관장에게 달려들던 늑대를 잡아채 그대로 절벽 쪽으로 던져버렸다.

퍽!

깽!

둔탁한 소리와 함께 늑대의 짤막한 비명이 들렸다. 눈앞에 나타난 대호의 몸체는 정말 거대했다.

개마고원에서 생활하는 늑대들도 풍부한 먹이 때문인지 몸체가 작지 않았다.

한데 대호와 비교해서 보자 커다란 늑대들이 보통의 애완견처럼 작아 보였다.

자신의 동료가 비명을 지르며 죽어 나가자 늑대들은 일제히 대호를 향해 이빨을 드러냈다.

아직까지 자신들의 숫자가 많다는 것에 힘을 얻고 있는지 뒤로 물러날 기세가 전혀 없어 보였다.

늑대들이 대호의 포위하려 할 때 대호가 움직였다.

그 움직임이 놀라울 정도로 빨랐고, 늑대들이 대응할 사이도 없이 늑대 무리의 안쪽으로 파고들어 가면서 앞발과 강력한 송곳니로 늑대의 숨통을 끊어 놓았다.

깽! 깨깽!

단 한 번의 공격에 늑대들은 반격할 사이도 없이 죽음의 다리를 건너고 있었다.

대호가 늑대 무리의 안쪽으로 파고든 것은 무리를 이끄는 애랑을 노리기 위해서였다.

서너 마리의 늑대가 순식간에 무력화되었지만, 대호가 노리는 것이 애랑이라는 것을 안 늑대들은 필사적으로 대호에게 달려들었다.

하지만 전투력의 차이가 너무 컸다.

대호의 속도와 파괴력을 늑대들은 따를 수가 없었다.

보통 늑대가 아닌 애랑은 대호의 움직임에 놀라며 피하려고 했지만 이미 때를 놓치고 말았다.

계곡의 입구 쪽으로 달려가던 애랑은 절벽을 타고 넘는 대호의 움직임에 그대로 따라잡혔다.

크— 어흥!

계곡의 입구 앞에 선 대호는 다시 한 번 산을 울리는 포효를 터뜨렸다.

그 순간을 기점으로 대호를 따라잡으려 했던 늑대 무리가 겁에 질리며 그대로 사방으로 흩어져 달아나기 시작했다.

이미 자신들을 이끄는 애랑이 등을 보였기 때문이기도

했다.

대호는 달아나는 늑대들을 쫓지 않았다.

오로지 자신 앞에 있는 무리의 두목인 애랑만을 노릴 뿐이었다.

한 발 두 발 다가오는 대호 앞에서 당당하던 애랑은 꼬리를 내리며 떨고 있었다.

이미 싸움은 끝난 것이다.

대호는 애랑이 겪어왔던 일반적인 백두산 호랑이가 아니었다.

개마고원은 물론이고 백두산까지 이르는 광대한 지역에서 대호를 넘어서는 호랑이는 없었다.

애랑은 자신에게 다가오는 대호와 눈을 마주치지도 못한 채 엎드려 똥오줌을 싸고 있었다.

"허허! 정말 대단하구나."

대호의 몸에서 뿜어져 나오는 기세가 송 관장에까지 전달되었다.

대호가 애랑의 목전에까지 다가온 순간 애랑은 더욱 고개를 자신의 몸 쪽으로 수그리며 대호의 처분만을 기다리고 있었다.

감히 대항할 생각조차 하지 못했다.

"애랑도 아까운 놈인데……."

송 관장을 끝까지 괴롭혔던 늑대 무리의 수장인 애랑도 쉽게 볼 수 없는 늑대였다.

보통 늑대보다도 덩치가 컸고, 머리가 비상했다.

하지만 이젠 대호에게 덤벼든 대가를 치를 차례였다.

하나 송 관장의 예상과 달리 똥오줌을 지리며 심하게 떨고 있는 애랑을 대호는 그대로 지나쳐 송 관장에게로 다가오고 있었다.

*   *   *

이수진이 돌아간 후 나는 복잡한 마음을 감출 수가 없었다.

생각지도 못한 이수진의 솔직한 고백이 마음을 심란하게 만들었다.

"후! 이릴 줄 알았으면 처음부터 만나지 말았어야 했는데……."

여자에게서 먼저 고백을 받은 것은 처음 있는 일이었다. 누군가를 좋아해서 항상 마음 졸였던 이전의 삶과는 전혀 다른 일들이 새로 시작하는 인생에서 벌어지고 있었다.

"이수진이 말처럼 인연일 수 있겠지……. 하지만 그녀와의 인연은 여기까지여야만 해……."

서로에게 그것이 좋았다. 여기서 끝내진 않으면 서로에게 더 큰 상처를 줄 수 있었다.

호텔에서 바라보는 시카고 도심의 풍경은 멋진 모습이었다.

이곳에서 이수진과 작은 추억 하나를 공유한 것뿐이었다.

이수진은 호텔로 돌아와서도 뛰는 가슴을 진정시킬 수 없었다.

그녀 자신이 마음속에 담아두었던 것을 고백할 것이라는 걸 상상조차 하지 않았었다.

더구나 강태수에게 접근한 것은 사뭇 의도적인 것이었다.

자신의 아버지인 이대수 회장에게서 대산그룹의 절반을 받기 위한 것이 컸다.

이수진은 강태수에 대한 호기심은 있었지만, 남자들을 자신의 아래로 내려다보았었다.

몇 번 소개로 만났던 남자들도 이수진의 외모와 대산그룹를 이끄는 이대수 회장의 딸이라는 것에 이미 주눅이 들어버렸다.

더구나 몇 마디 이야기를 나누어 보면 그 수준이 뻔했다.

부모의 후광만 있을 뿐, 혼자서는 아무것도 이룰 수 없는 한심한 존재들이었다.

"내가 왜 그런 말을 했을까? 질투… 아니야. 그걸로는 부족해……. 정말 태수 씨를 사랑하는 거겠지……."

이유를 알 수 없었다.

어느 날 갑자기 강태수라는 남자가 자꾸 눈에 밟혔고 순간순간 그의 모습이 떠올랐다.

그리고 오늘 시카고의 거리에서 우연히 강태수를 보았을 때 가슴이 답답할 정도로 심장이 뛰었다.

로맨스 영화에서나 나올 뻔한 이야기가 자신에게 적용될지는 꿈에도 생각지 못했다.

"사랑하는 사람과 함께한다는 것이 이런 기분이라면……."

이수진이 꿈꿔왔던 것은 대산그룹을 자신의 것으로 만드는 것이었다.

그러기 위해서 이대수 회장의 눈 밖에 나는 일은 절대로 하지 않았다.

처절하게 이대수 회장이 바라고 원하는 방향으로 행동하고 노력해 왔다. 그녀 자신을 위해서도, 엄마를 위해서도 말이다.

이수진의 가진 목표와 목적을 이루기 위해 여자가 걸어

가야 하는 평범한 삶을 포기할 생각이었다.

대산그룹을 자신의 것으로 만들기 위해서 남자를 만나 결혼하고 가정을 가지며 아이를 기르는 일을 말이다.

"이젠 물러날 수 없게 되어버렸어……."

이수진은 쉼 없이 두근거리는 심장을 진정시키고 싶지 않았다.

어제 온종일 비가 내렸던 시카고의 하늘도 오늘은 무척이나 맑고 푸르렀다.

*　　　*　　　*

송 관장은 자신을 향해 걸어오는 대호의 모습에 긴장하지 않을 수 없었다.

대호의 목적은 늑대도 무리를 이끄는 애랑도 아니었다.

"나하고는 일이 없을 텐데……."

송 관장은 자신에게 걸어오는 대호를 향해 말했다.

이미 대호와는 구면이었지만 거대한 호랑이를 눈앞에서 마주 본다는 것이 쉬운 일이 아니었다.

송 관장은 담담해 보이려고 했지만 쉽지가 않았다. 그도 그럴 것이 송 관장조차 힘겨워했던 늑대 무리를 너무 쉽게 처리하는 모습에 기가 질린 것이다.

대호의 힘과 뿜어져 나오는 기운은 송 관장이 생각했던 것 이상이었다.

애랑이 똥오줌을 지리게 만드는 대호의 기운이 송 관장과 가까워지면서 약해지고 있었다.

"날 해치려는 것은 아닌 것 같은데……."

송 관장도 그걸 느낄 수 있었다.

크르르!

대호는 송 관장과 마주 보며 뭔가를 전하려는 듯이 가래가 끓는 듯한 소리를 내었다.

"뭔가 전하려고 하는 것 같은데……. 내가 필요한 건가?"

크르르!

대호는 송 관장의 말에 대꾸하듯이 말하고는 뒤돌아 천천히 걸음을 옮겼다.

그리고 송 관장이 자신을 따라오나 안 따라오나 확인하듯이 뒤를 돌아봤다.

그 모습에 송 관장은 대호의 뒤를 따랐다.

애랑은 송 관장과 대호가 계곡에서 사라질 때까지 엎드린 채 움직이지 못했다.

송 관장은 대호의 뒤를 1시간가량 따라갔다.

대호가 송 관장을 이끈 곳에는 또 한 마리의 호랑이가 있었다.

대호보다는 크기가 작은 것으로 보아 암컷 같았다.

송 관장을 보자 날카로운 송곳니를 드러내며 무서운 울음을 토해내며 달려들 기세였다.

으르렁!

하지만 암컷 호랑이는 나무 넝쿨에 온몸이 감겨 옴짝달싹할 수 없었다.

대호가 송 관장을 데려온 이유가 여기에 있었다.

암컷 호랑이가 몸부림칠수록 나무 넝쿨은 암컷의 몸을 더욱 감아버렸다.

크르르!

대호가 암컷 호랑이에게 뭔가를 말하듯 으르렁거리자 몸부림치던 암컷 호랑이가 움직임을 멈췄다.

하지만 송 관장을 향한 적대감이 줄어든 것이 아니었다.

"후! 설마 물지는 않겠지."

송 관장은 조심스럽게 군용 대검을 들고는 암컷 호랑이에게 다가갔다.

"가만히 있어야 한다. 이런, 새끼를 배었구나."

암컷 호랑이에게 가까이 다가가자 배가 불룩한 것이 보였다. 아마도 사냥감을 쫓다 잘못해서 나무 넝쿨에 걸린 것 같았다.

크르릉!

암컷 호랑이는 송 관장에 대한 경계를 늦추지 않았지만, 좀처럼 달려들지는 않았다.

송 관장은 하나둘 굵은 나무 넝쿨들을 잘라냈다.

그 모습을 대호는 지켜보고 있었다.

5분 정도 나무 넝쿨들을 잘라내었다.

그리고 마지막 다리에 감긴 넝쿨을 잘라내자 암컷 호랑이는 스프링이 튕겨져 나가듯 대호가 있는 앞쪽으로 달려갔다.

"후! 다 됐네."

송 관장은 몹시 긴장한 탓인지 온몸에서 땀이 비 오듯 쏟아졌다.

신경이 날카로워진 맹수는 특히나 위험했다. 나무 넝쿨을 끊어내는 중간중간 암컷 호랑이는 송 관장에게 달려들려고 했다.

대호가 경고하듯이 소리를 내지 않았다면 끝까지 넝쿨을 잘라내지 못했을 것이다.

암컷 호랑이는 자유의 몸이 되자마자 대호의 몸을 비비며 반가움을 표시했다.

크르르릉!

대호는 송 관장을 바라보며 고마움을 표시하는 듯한 기괴한 소리를 냈다.

그러고는 암컷 호랑이와 함께 더 깊은 숲속으로 사라져 버렸다.

"하하! 동물도 제 식구는 어떻게든 챙기는구나."

대호와 암컷 호랑이가 사라지자 송 관장은 그 자리에 주저앉았다.

늑대들과의 싸움에서 생긴 상처를 돌보지도 않고 대호를 따라왔었다.

메고 있던 가방에서 몇 가지 약초를 꺼낸 송 관장은 그것을 입에 넣고는 질겅질겅 씹었다.

그러고는 다리와 어깨에 약초를 바르기 시작했다.

"윽! 이거 몸이 성할 날이 없네."

약초를 바를 때 암컷 호랑이가 넝쿨에 묶여 있던 곳 뒤편으로 뭔가가 보였다.

"뭐지? 암자 같기도 한데……."

송 관장은 나무 넝쿨들을 헤치며 눈에 비친 장소로 향했다. 그곳에는 작은 공터가 있었고, 다 쓰러져 가는 암자가 있었다.

이미 지붕은 거의 무너진 상태였다.

"허! 이런 곳에 절이 있었나 보네."

그나마 온전한 것은 눈앞에 보이는 작은 암자뿐이었다.

몇 개의 건물이 더 있었던 흔적은 있었지만 오랜 세월과 비바람에 무너져 버린 상태였다.

사람의 흔적이 전혀 없는 이런 깊은 산중에 절이 있었다는 것이 참으로 신기했다.

이곳은 절이 있을 만한 장소가 아니었다.

잡초와 넝쿨들로 뒤덮인 곳에서 송 관장은 천지암이라는 현판을 찾아냈다.

언제 지어진 절이고, 누가 머물렀는지는 모르지만 이런 오지에 절을 짓는 것은 정말 쉬운 일이 아니었다.

대호를 따라서 이곳까지 왔던 길은 험했고, 길조차 없는 곳이었다.

"상당히 오래전에 사람들이 떠난 것 같은데……."

그때였다.

콰직!

송 관장의 발아래서 무언가 부서져 나가는 소리가 들렸다.

"이런! 사람의 뼈가 있었네."

잡초들이 무릎 위까지 우거진 곳이라 발아래 무엇이 있는지 보이지가 않았다.

사람의 **뼈**가 아무렇지 않게 놓여 있는 것으로 보아 자연적인 죽음은 아닌 것 같았다.

야생동물들이 오가는 곳이라 나머지 **뼈**들은 아마도 동물의 먹이가 되었을 것이다.

"안 좋은 일이 있었나?"

시체가 있었다는 점은 천지암에 좋지 않은 일이 벌어진 것으로 여길 수 있었다.

절터를 대충 둘러본 송 관장은 그나마 형태가 남아 있는 작은 암자로 향했다.

얼마 안 있으면 그나마 붙어 있는 한쪽 문짝마저 떨어져 나갈 모양새였다.

송 관장이 안으로 들어가자 안에 똬리를 틀고 있던 뱀 한 마리가 불청객의 등장에 부리나케 밖으로 도망가는 모습이 보였다.

암자 안은 엉망이었다.

거미줄과 무너진 지붕의 잔해들도 이곳이 어떤 곳이었는지 알 수 없게 만들었다.

그나마 지붕의 잔해 아래 깔린 불상을 통해서 이곳이 절이었다는 걸 알 수 있었다.

"엉망이네."

하룻밤 신세를 질 장소라 여겼지만 생각했던 것보다 심

했다.

그나마 한쪽 구석은 온전한 상태였다.

송 관장은 지붕의 잔해들을 치우고는 서둘러 불을 피웠다.

봄이 지나는 6월 초였지만 이곳의 밤은 초겨울처럼 기온이 떨어질 때가 많았다.

아직 오후였지만 숲속은 벌써 어둠이 햇빛을 몰아낼 태세를 갖추고 있었다.

"오늘은 꼼짝없이 여기서 하룻밤을 지내야겠네."

피어오르는 불꽃 위로 마른 나뭇가지를 던지면서 말하는 송 관장은 심하게 지쳐 있었다.

효능 좋은 약초로 인해 피는 멈추었지만, 적지 않은 피를 흘렸었다.

주변이 따뜻해지자 송 관장의 몸은 물먹은 솜처럼 무거워지며 자신도 모르게 스르르 눈꺼풀이 감겼다.

"헉헉! 여기까지 쫓아오지는 못하겠지……."

송 관장은 쉼 없이 달리고 있었다. 단 한 순간 멈추지도 쉬지도 못한 채 계속해서 앞만 보고 달렸다.

멈추면 죽는다는 불안감과 공포가 달리는 송 관장의 온몸을 사로잡고 있었다.

온몸이 타들어 갈 정도로 목이 마르고 다리는 천근만근 무거워져만 갔다.

이젠 더 이상 달릴 수가 없었다.

그때 눈앞에 작은 암자가 나타났다.

온통 깜깜한 세상에 홀로 불이 켜진 암자가 눈에 들어오 자 송 관장은 마지막 힘을 짜내어 암자를 향해 달렸다.

암자 앞에 당도한 송 관장의 눈에 들어온 것은 작은 현판 이었다.

"천지암!"

그런데 현판에는 아무 글자도 쓰여 있지 않았는데 송 관 장의 입에서는 자연스럽게 암자의 이름이 흘러나왔다.

마치 이곳에 와본 것처럼 말이다.

문이 닫혀 있는 암자의 안쪽에서는 불빛이 새어 나왔고, 사람의 그림자가 보였다.

"실례합니다!"

송 관장은 다급했다.

당장에라도 감당할 수 없는 죽음의 공포가 뒤쪽에서 덮 칠 기세였다.

암자의 안쪽에는 분명 사람이 있는 것 같은데 아무런 반 응이 없었다.

"아무도 없습니까?"

연속된 송 관장의 말에도 안쪽에서는 전혀 대꾸가 없었다.

"안에 들어갈 수 있게 해주십시오."

다시금 말해도 반응이 없자 송 관장은 문고리를 잡고는 힘차게 당겼다.

하지만 약해 보이기만 하는 창호지 문은 꿈쩍도 하지 않았다.

온 힘을 다해 당겨도 문은 열리지 않았다.

"크크! 고작 여기까지인 거냐?"

뒤쪽에서 들려온 소리는 사람의 것인지, 맹수의 것인지 분간할 수 없었다.

송 관장의 귓전을 때린 소리는 한없이 음침하고 기분이 나쁜 소리였다.

그 소리를 듣는 것만으로도 송 관장의 몸이 떨렸다.

"왜 하필 나지?"

송 관장은 뒤를 돌아볼 용기조차 나지 않았다.

"낄낄! 천부(天符)의 힘을 얻게 할 수는 없으니까."

"천부라니? 난 천부가 뭔지 모른다."

"천혼(天魂)과 천부가 세상에 드러나면 이 땅에서 영원히 피어올라야 하는 업화(業火)가 사라지기 때문이다."

정체를 알 수 없는 어둠에 가려진 인물에게서 이해할 수 없는 말들이 흘러나왔다.

"천혼, 천부, 업화."

송 관장은 미지의 사내에게 들은 단어를 자신도 모르게 읊조렸다.

"넌 죽어도 천부를 얻지 못한다."

영혼까지 흔들어놓는 음성이 끝나자마자 도저히 감당할 수 없는 기운이 송 관장의 뒤를 덮쳐왔다.

그때였다.

그토록 열리지 않던 천지암의 창호지 문이 열리며 송 관장을 안으로 끌어들였다.

쾅!

그 순간 천지암이 무너질 듯이 흔들렸다. 그러고는 거대한 기운에 의해 지붕에서부터 사방의 벽까지 모두 무너져 내리기 시작했다.

천지암도 송 관장을 안전하게 보호해 주지 못할 것만 같았다.

"어! 어! 여기서 죽을 수는 없어!"

송 관장은 절규하듯이 외쳤다.

그 순간 암자의 방바닥마저 갈라지면서 모든 것이 땅속으로 사라질 것처럼 보였다.

그때 갈리진 바닥에서 투명하고 하얀빛이 솟구쳐 올랐

다.

"저걸 잡아야 살 수 있어."

본능적으로 송 관장은 빛이 솟구치는 곳을 향해 몸을 날렸다.

그때를 맞춰 송 관장이 비명을 지르며 깨어났다.

"아악!"

송 관장의 온몸에서는 식은땀이 비 오듯 쏟아져 내리고 있었다.

"허! 꿈이었구나. 한데 꿈이 너무 선명하네······."

잠에서 깨어난 송 관장의 눈에 비친 것은 바닥에 엎어져 있는 불상이었다.

쓰러진 불상의 위치는 꿈에서 빛이 솟구친 자리였다.

"설마······."

꿈이 심상치 않았지만, 진짜 불상이 쓰러져 있는 자리에서 뭔가 나올 리 없다는 생각이 들었다.

하지만 자꾸 신경이 쓰였다.

송 관장은 불씨가 사그라지는 모닥불에 나무를 집어넣으며 불상이 있는 곳으로 향했다.

불상 위의 잔재를 치우고는 작은 바위만 한 청동 불상을 세웠다.

불상에서 세월의 흔적이 묻어나왔지만 특별하게 보이는

불상은 아니었다.

안쪽도 텅 빈 불상이었다.

송 관장은 암자 밖으로 나가 단단한 돌 하나를 주워왔다. 그러고는 황토로 만든 바닥을 내리쳤다.

비바람으로 인해 금이 많이 가 있던 방바닥은 송 관장의 힘을 이겨내지 못한 채 부서져 나갔다.

쿵! 쿵!

10여 번을 더 내리치자 바닥이 완전히 가라앉으면서 푹 꺼지는 느낌이 들었다.

아래로 내려앉은 황토구들을 들어내자 아래에서 철로 만들어진 작은 상자가 나왔다.

상자는 심하게 부식된 상태였고, 자물쇠도 떨어져 나가 있었다.

"허! 정말 뭔가 있었네."

뭐가 들어 있는지는 모르지만 믿기지 않았다.

이미 무용지물이 된 자물쇠 고리에 힘을 주자 과자처럼 바스러졌다.

"안에 들어 있는 내용물도 망가진 것 아닌가?"

뚫린 지붕을 통해 바닥으로 떨어진 빗물에 의해 부식된 철제 상자는 심한 녹 때문에 쉽게 열리지 않았다.

뭐가 들어 있는지는 모르지만, 안에 있는 물건이 훼손될까 봐 돌로 내리치지도 못했다.

송 관장은 양파 껍질을 벗기듯이 녹슨 철제 상자를 아예
뜯어냈다.

Chapter 10

이수진과의 인연을 연결시키지 않기 위해 시카고를 일정보다 하루 먼저 떠났다.

나와 고영환 본부장이 함께 뉴욕을 거쳐 콜롬비아로 건너가기로 했다.

도매상에서 공급되는 원두를 직접 커피 농장을 통해 들여오기 위해서였다.

한편으로는 현지 커피 농장을 매입해서 닉스커피의 관리하에 두려는 생각도 있었다.

브라질, 베트남에 이은 세계 3위의 커피 생산국인 콜롬비아는 커피가 자라기에 완벽한 환경을 갖추고 있다.

커피는 연평균 기온 15~24도로 서리가 내리지 않아야 하고, 적당한 강수량과 건기가 필요하다. 그 때문에 적도를 중심으로 남북위 25도 사이에 자리를 잡고 있는 국가들이 주로 커피를 재배한다.

뉴욕 방문은 닉스커피의 현황을 분석하기 위해서였다.

현재 닉스커피는 뉴욕에서 두 군데의 복합 매장과 한 군데의 단독 매장을 운영 중이었다.

닉스커피가 가능성을 확인하는 순간부터 과감한 투자가 이루어졌기에 발 빠르게 매장을 늘릴 수 있었다.

나는 그만한 자본과 성공에 대한 확신이 있었다.

세 군데의 매장마다 사람들도 북적거렸다.

"하하! 제가 필요 없어도 될 것 같습니다."

고영환 본부장은 매장의 상황을 확인하면서 말했다.

"미국과 캐나다의 모든 도시마다 이곳과 같은 상황을 만들려면 고 본부장님이 꼭 필요합니다."

"하하하! 강 대표님의 믿음에 보답하기 위해서는 정말 열심히 일해야겠습니다."

"그러셔야 합니다. 닉스커피는 저한테는 비밀 병기와도 같은 존재가 되어야 하니까요. 커피 맛은 어떻습니까?"

전 세계적으로 커피 시장은 지속으로 확대될 것이고, 발

전해 나갈 것이다.

커피는 쌀이나 밀, 옥수수와 달리 생필품이 아닌 기호 식품이다. 커피를 기호품으로 소비하는 곳은 주로 현대화가 이루어지고 부가 집중된 나라와 도시들이었다.

특히나 경제 발전과 성장이 빠르게 진행 중인 아시아 국가들에서 원두커피의 수요가 늘고 있었다.

"이 정도면 나쁘지 않습니다. 하지만 좀 더 좋은 원두를 쓰면 지금보다 훨씬 훌륭한 커피 맛이 나올 것입니다."

나와 고영환 본부장이 콜롬비아로 직접 가려는 이유였다. 콜롬비아 커피는 산도가 강해 생생하고 달콤하면서도 부드럽고 향기로운 맛을 낸다.

세계 최대의 커피 생산국인 브라질은 기계를 이용하여 대량으로 생산, 재배하기 때문에 맛과 질이 조금은 떨어진다.

콜롬비아는 대부분 고지대에 소규모 지역에서 커피열매를 하나씩 사람 손으로 직접 따서 말리고 정성스럽게 솎아내기 때문에 품질이 고르고 우수해 세계 최고라 말할 수 있었다.

"커피 도매상이 최고의 원두라고 했는데, 그게 아니었나 보군요."

"콜롬비아산 원두는 대체로 맛이 균일하고 풍미가 뛰어

납니다. 하지만 지금 원두를 구매하는 가격이라면 현지에서 훨씬 더 좋은 원두를 구매할 수 있습니다. 그리고 말씀 드린 대로 베네수엘라의 커피도 콜롬비아와 비교해서 절대 떨어지지 않습니다. 제가……."

고영환 본부장을 콜롬비아에 혼자 보낼 수도 있었지만, 내가 커피에 대한 흥미가 유발되고 있었다.

한편으로 베네수엘라까지 방문하여 커피 농장을 살피기로 했다.

현재 베네수엘라는 한때 커피 산업이 번창했지만, 석유 생산으로 소득이 늘면서 소비 풍조가 만연해지고, 부가가치가 낮고, 힘들고, 어려운 농업은 뒷전으로 밀려난 상태였다.

크기가 큰 고품질의 원두는 콜롬비아의 국경을 이루고 있는 서부 산악 지역에서 주로 생산되고 있었다.

그 맛은 콜롬비아 커피와 비슷하며 순하고 부드러웠다.

고영환 본부장은 베네수엘라에 숨겨진 보석 같은 커피 농장들을 알고 있었다.

그곳에 충분한 지원과 투자가 이루어지면 닉스커피의 간판이 될 수 있는 고품질의 커피를 좋은 가격에 안정적으로 공급받을 수 있었다.

"저는 닉스커피를 장기적인 안목을 갖고서 투자할 것입

니다. 커피 농장과 로스팅 공장, 그리고 닉스커피점을 유기적으로 연결할 것입니다."

"예, 지금처럼 해나간다면 미국은 물론이고 전 세계에 닉스커피를 알릴 수 있을 것입니다."

고용환 본부장이 닉스커피에서 높이 산 것 중 하나가 닉스디자인센터와 연계되어 만들어진 커피 잔들과 커피 용품들이었다.

시범적인 케이스로 만들어져 소량이 판매장에 공급되었고, 독특하면서도 뛰어난 디자인에 고객들의 반응도 상당히 좋았다.

닉스커피는 미국의 대표적인 커피점인 스타벅스보다 먼저 다양한 시도를 하고 있었다.

*　　　*　　　*

송 관장은 철제 상자를 열 수 있을 정도로 완전히 녹슨 부분을 제거했다.

"이젠 될 것 같은데……."

힘을 주자 생각대로 철제 상자가 열렸다.

철제 상자의 안에는 무언가를 적은 종이와 책이 들어 있었지만, 습기로 부식되어 완전히 눌어붙었다.

몇 가지 물품들도 심하게 녹슨 상태였다.

"이거 모두 엉망인데."

하나둘 내용물을 확인할 때마다 실망할 수밖에 없었다. 귀한 물건들 같았지만, 녹물과 엉키고 부식되어 형체도 알아보기 힘들었다.

그때였다.

맨 아래쪽에 비단 보자기로 싸인 물체가 있었다.

"그나마 이건 상태가 나은 것 같은데."

비단 보자기를 펴자 다시금 기름종이로 감싼 작은 책자가 나왔다.

기름종이를 조심스럽게 펼치자 온전하게 보전된 고서적이 나왔다.

고서적의 앞쪽에는 한글과 한자로 된 두 글자가 또렷이 적혀 있었다.

"천부(天符)!"

송 관장의 입에서 흘러나온 말이었다.

*　　*　　*

뉴욕에 도착한 첫날부터 줄줄이 처리해야 할 일들이 기다리고 있었다.

닉스가 입점한 미국의 바니스 뉴욕 백화점(Barney's New York)에서 진행하는 자선 파티에 초대되었다.

닉스는 뉴욕에 위치한 삭스 백화점(Saks Fifth Avenue)에도 입점한 상태였다.

두 백화점에서의 매출은 눈에 띌 정도로 좋았기 때문에 닉스를 선택하지 못한 다른 백화점들의 아쉬움이 컸다.

당분간은 두 백화점에만 닉스 신발들을 공급하기로 계획되어 있어 다른 백화점들의 입점 요청을 모두 거절한 상태였다.

매년 열리는 자선 파티에서는 바니스 뉴욕 백화점에서 입점한 회사들에서 팔리지 않은 재고 상품들을 기부받아 판매한 수익금을 뉴욕에 있는 보육원에 기부했다.

닉스는 재고품이 아닌 인기리에 판매되고 있는 조던시리즈와 닉스컬렉션을 기증했다.

"뉴욕의 명사들이 다 모인 것 같습니다."

자선 파티에는 닉스 미국법인의 김석중 본부장과 함께 참석했다.

"저는 아직 이런 자리가 조금 불편하네요."

나비넥타이와 함께 멋진 정장을 차려입고 참석한 나는 솔직히 이런 파티에는 익숙지가 않았다.

"이런 곳에서 저명인사들을 만나 친분을 쌓아두면 여러

모로 사업에 도움이 될 수 있습니다."

사실 미국도 인맥을 통하면 쉽게 해결하기 힘든 일들도 어렵지 않게 풀렸다.

자선 파티가 이루어지는 곳은 바니스 뉴욕 백화점에서 운영하는 바니스 호텔이었다.

뉴욕의 도심이 한눈에 들어오는 맨 꼭대기 층에서 파티가 벌어지고 있었다.

"그래도 전 복잡한 것보다 조용한 게 좋네요."

나는 지나가는 웨이트리스에서 샴페인을 받아 들고는 전망이 좋은 테라스로 향했다.

바로 눈앞에서는 뉴욕의 상징이자 허파 역할을 하는 센트럴파크가 펼쳐져 있었다.

빌딩 숲 사이에 자리 잡은 센트럴파크는 동서로 약 800m, 남북으로 4km에 이르는 직사각형 모양의 넓은 공원이었다. 이런 도시에 커다란 공원이 조성되었다는 게 어찌보면 신기하기까지 했다.

센트럴파크에서도 행사가 있는지 음악 소리가 이곳까지 들려왔다.

"이런 곳이 서울 한복판에도 있다면 사람들이 좀 더 여유를 가질 수 있을 텐데."

센트럴파크 쪽에서 시원한 바람이 불어오자 마음마저 시

원해지는 느낌이었다.

그때였다.

내가 있는 쪽으로 두 남자가 걸어오고 있었다.

한 명은 뉴욕 소빈뱅크의 지점장인 러시아계 미국인인 존 스콜로프였고, 다른 한 명은 처음 보는 인물이었다.

"대표님이 여기 계시다는 소리를 들었습니다."

스콜로프는 내가 러시아에서 어떤 위상을 가졌는지 잘 알고 있는 인물이었다. 스콜로프는 프린스턴 대학교에서 수학과 학사 학위를 받았고, 이후 MIT에서 경제학 박사 학위를 받은 인물이다.

존 스콜로프는 올해 35살밖에 되지 않은 천재형 인물이었다. 스콜로프와의 인연은 부모님과 함께 모스크바 여행 중 내 도움으로 마피아의 위험에서 벗어난 것이 계기가 되었다.

그는 현재 뉴욕에서 2억 달러의 자금을 바탕으로 다양한 곳에 투자를 진행하고 있었다.

"파티에 와 계신지 몰랐습니다."

"바니스 백화점에 아는 친구가 있습니다. 덕분에 초대를 받았습니다. 이쪽은 제 친구인 밀턴 프리드먼입니다."

"밀턴이라고 합니다. 꼭 한번 만나 뵙고 싶었습니다."

밀턴은 내게 손을 내밀었다. 그는 스콜로프보다 한 살 더 많았다.

"강태수입니다."

"현재 밀턴은 중고차를 외국으로 수출하는 사업을 하고 있습니다. 이 친구가 러시아에도 중고차를 판매하고 싶어 합니다. 그리고 러시아에서 화학제품을 수입하고자 합니다."

밀턴이 스콜로프를 통해 나를 찾아온 이유였다.

러시아는 현재 중고차의 수요가 상당했고, 독일과 일본에서 많은 중고차를 수입했다.

밀턴이 화학제품을 수입하고자 하는 러시아에는 기본적인 화학 원료 수출품으로 암모니아, 카르바미드(요소), 메탄올, 폴리에틸렌(PE)이 있었다.

러시아의 화학 및 석유화학 산업 분야의 제품들은 러시아의 낮은 에너지 비용 때문에 가격적인 측면에 있어 경쟁력이 뛰어났다.

이러한 화학 수출품은 해외에서 가공되어 고부가가치 제품으로 탈바꿈하여 러시아로 재수입되기도 한다.

러시아의 수출 품목 중 65%가 원유와 가스 등 연료제품들이었고, 화학 품목은 6% 정도였다.

'음, 중고차 사업도 나쁘지 않을 것 같은데… 화학제품이라…….'

샤샤가 이끄는 말르로프 조직도 중고차를 거래하고 있었다.

한국은 중화학공업이 발전했기 때문에 화학제품에 관해서는 관심이 없었다.

미국은 환경 문제와 여러 가지 문제들로 인해서 화학 공장들이 폐쇄되거나 비용 문제로 인해 해외로 진출하고 있었다.

그러한 점 때문에 마틴이 러시아의 화학제품에 관심을 가진 것이다.

"다른 사람도 있을 텐데 굳이 날 찾아온 이유가 무엇입니까?"

"제가 매달 2천 대 정도의 중고차를 러시아에 수출하려고 계획 중입니다. 한데 수출과 관련된 러시아 정부 기관도 문제지만 거래처와 연관된 마피아들이 매달 별도의 수수료를 요구하고 있습니다. 그 금액을 지급하게 되면 이익이 큰 폭으로 줄어들게 됩니다."

러시아의 마피아들은 돈이 되는 일에는 물불을 가리지 않고 달려들었다. 밀턴은 러시아로 보내진 차량 중 절반 정도를 현지에서 직접 회사를 차려 판매할 계획도 갖고 있었다.

그렇게 하는 것이 이익을 더 크게 남길 수 있었다.

미국산 중고차는 다양한 차종과 함께 가격 측면에서도 경쟁력이 있었다.

"보호비를 요구하는 것입니다. 현재 러시아에서는 마피아에 대한 보호비는 당연한 거로 받아들이고 있습니다. 보호비를 내지 않으려고 경비 회사를 고용하지만, 그 회사들도 마피아와 별반 다르지 않습니다."

1992년 한 해 동안 러시아에서는 대략 200만 건의 범죄 사건이 일어났고, 650명에 달하는 경찰관이 범죄 조직과 범죄자들에게 살해당했다.

"강 대표님께서도 경비 회사를 운영하고 계신다고 들었습니다. 절 도와주신다면 제가 해외에서 개척해 놓은 수출 루트들을 이용할 수 있게 해드리겠습니다."

밀턴은 남미와 아프리카의 여러 나라에 거래처를 두고 있었다.

특히나 남미와 아프리카는 하나의 제품만 수입하는 것이 아니라 종합적으로 수입품을 취급하는 수입상들이 많았다.

향후 내가 운영하는 회사들이 남미와 아프리카에도 진출을 생각하고 있던 터라 밀턴의 제의는 나쁘지가 않았다.

더구나 콜롬비아와 베네수엘라에서 커피 원두를 수입하는 일에도 수출입상들의 도움이 필요했다.

보관 창고와 운반, 그리고 미국으로의 운송까지 모든 것을 새롭게 시작하는 것보다 밀턴이 뚫어놓은 거래처를 이용하면 시간적인 면이나 효율 면에서도 좋았다.

"제가 도움을 준다고 해도 러시아에서는 사업을 하시는 분이 감당해야 할 부분이 큽니다."

나 또한 러시아에서 성공하기 전까지 수차례 목숨이 위태로운 위기를 넘겼었다.

"예, 저도 그 점은 염두에 두고 있습니다. 그래서 말입니다만, 저와 함께 중고차 사업을 하시는 것이 어떠하신지요?"

밀턴이 나를 만난 목적은 다른 데 있지 않았다.

나를 끌어들여 러시아에서의 위험요소를 제거하겠다는 게 목적이었다.

"하하하! 제가 군이 중고차 사업을 해야 할 이유를 모르겠습니다."

러시아에서 신행하고 있는 금속, 금융, 석유, 식품, 경호 사업들로도 충분했다.

"중고 자동차는 상당히 매력적인 사업입니다. 러시아나 구소련에서 탈퇴한 독립국들이나 동유럽의 나라들의 국민들은 아직 신차를 구매할 정도의 여력이 없습니다. 더구나 그 나라들에서 생산되는 차종들도 경쟁력이 떨어집니다. 품질이 뛰어난 중고 차량들을 확보해서 공급만 한다면 큰 이익을 줄 것입니다."

밀턴은 현지의 조사를 이미 끝낸 것처럼 말했다. 실제로
도 자본주의를 받아들인 러시아와 독립국가연합의 나라들
에서 중고 승용차에 대한 수요가 가파르게 늘고 있었다.

문제는 상태가 좋지 않은 차량을 값싸게 들여와 소비자
에게 팔아넘기는 악덕 중고차 상인들이 많다는 것이었다.

실제로 일본은 2015년 125만 4천 대의 중고차를 수출해
8천 429억엔(8조 5천억 원 상당)의 수입을 올렸지만 한국의
중고차 수출은 21만 대의 수준에서 그쳤다.

한국과 같이 운전석이 왼쪽(좌핸들)에 있는 아프리카, 러
시아 시장에서도 한국 중고차보다도 운전석이 오른쪽(우핸
들)에 있는 일본 중고차의 수요가 더 많았다.

러시아의 경우 2015년 일본 중고차의 수출 물량은 5만
대였으나 한국은 874대에 그쳤다.

한국은 저가 경쟁과 주먹구구식의 수출 형태로 인해서
일본에 한참 뒤처지고 있었다. 일본의 큰 장점은 체계적인
수출 형태와 함께 품질과 신뢰였다.

또한 일본은 경매 제도를 도입해 중고차 수출 물량의
90%가량을 경매를 통해 수출하고 있었다.

'중고차라……. 생각지도 못한 블루오션이 될 수도 있겠
는데…….'

밀턴의 이야기에 생각이 달라지기 시작했다.

내가 과거로 오기 전 신문에서 봤던 내용에서도 국내 신차 판매량은 180만 대였지만 중고차 판매량은 354만 대로 두 배에 육박하고 있었다.

미국이나 유럽의 경우도 중고차 시장은 신차의 3~4배 규모에 이를 정도로 해마다 성장했다. 그 이유는 신흥 개발국 등에서 중고차의 수요가 늘어 시장이 확대되고 있기 때문이었다.

그러다 보니 대기업에서도 중고차 시장에 뛰어들었다.

"조용한 데로 가서 구체적으로 이야기를 나누어 봅시다."

내 말에 밀턴과 스콜로프의 입가에 미소가 번져갔다.

*　　　*　　　*

송 관장이 발견한 천부(天符)는 알 수 없는 내용으로 가득했다.

책에는 하늘의 별자리에서 대한 이야기도 있었지만 무언가를 설명해 주는 해석서로 여기는 것이 타당했다.

한글과 한문으로 섞여 있는 내용은 해석하기가 난해한 부분도 있었다.

"이거 도대체가 무슨 말인지 모르겠네. 천파천이라는 책이 있어야만 쓸모가 있는 책이라는 건데……."

앞부분과 마지막 부분에 적혀 있는 내용에는 천부로 인해 천파천의 의미를 세밀하게 통달할 수 있었다고 적혀 있었다.

"하여간 꿈도 그렇고, 중요하게 보관한 걸 보니 귀중한 책이겠지."

송 관장은 처음 천부를 보관했던 것처럼 기름종이와 비단 보자기를 이용해 조심스럽게 책을 감싼 뒤 배낭에 넣었다.

아물어 가는 상처와 함께 온몸 이곳저곳이 뻐근했지만, 이곳에 와서 캐 먹은 산삼과 약초들 덕분인지 회복이 무척 빨랐다.

기운을 회복한 송 관장은 천지암을 떠나 나침판과 지도를 벗 삼아 목적지로 삼았던 백두산을 향해 발걸음을 옮겼다.

*　　　*　　　*

밀턴은 생각보다 큰 중고차 사업을 하고 있었다. 그는 미국 내에서의 판매보다는 주로 중남미와 북아프리카에 중고차를 수출하고 있었다.

중고차 사업을 하기 전에도 GM자동차를 판매하는 큰 딜러였었다.

스콜로프와 고등학교 친구였던 마틴은 할아버지와 아버지의 뒤를 이어서 중고차 사업을 진행하고 있었다.

"먼저 자동차 수요가 큰 모스크바와 상트페테르부르크에 진출해야 할 것입니다."

두 도시는 러시아의 도시 중 가장 크고 인구도 첫 번째와 두 번째로 많았다.

"예, 저도 그렇게 생각하고 있었습니다."

내 말에 밀턴은 고개를 끄떡이며 말했다.

"승용차만 수출하는 것입니까?"

"아닙니다, 차종에 상관없이 모든 차량을 공급할 수 있습니다. 더욱이 차량에 따르는……."

3대째 중고차 사업을 하는 마틴은 전 세계에서 생산되는 모든 차량을 공급할 수 있었다.

더구나 차량뿐만 아니라 자동차 용품, 차량 정비, 부속품 등 차와 연관된 모든 분야에서 부가가치를 올릴 수 있었다.

'말르로프 조직에서 중고차 사업을 분리해야겠는데…….'

마틴과의 이야기를 통해 중고차 사업이 상당히 매력적인 사업임을 알게 되었다.

러시아는 물론이고 구소련에서 독립한 국가들과 동유럽의 나라들까지 파고들 수 있다면 중고차 사업은 어느 것보다도 유망한 사업이 될 수 있었다.

Chapter 11

　뉴욕에서 닉스의 수석 디자이너인 팅커 햇필드와 새로운 조던 시리즈에 관한 이야기를 나눈 후 다음 날 곧바로 닉스 커피의 고영환 본부장과 콜롬비아로 향했다.

　콜롬비아로의 출장에는 티토브 정과 함께 한국에서부터 따라온 3명의 경호원도 함께였다.

　어딜 가든지 동행했던 김만철은 가족들과 함께 시간을 보내라는 의미에서 이번 출장에는 동행시키지 않았다.

　뉴욕에서 출발한 델타 항공기는 6시간 40분 정도의 비행 끝에 콜롬비아의 수도인 보고타에 있는 엘도라도 국제공항에 도착했다.

국제공항이라는 말이 무색하게 공항은 도떼기시장처럼 어수선하고 무척이나 혼잡했다. 미국의 뉴욕이나 한국의 김포공항처럼 깨끗하고 질서 있는 모습이 아니었다.

현재 콜롬비아는 미국과 공조하에 마약 카르텔과 전쟁을 치르고 있었다.

콜롬비아의 카르텔을 통합하고 미국에 80%의 마약을 공급했던 마약왕 파블로 에스코바르의 메데인 카르텔은 미국은 물론 유럽이나 아프리카까지 마약을 유통함으로써 전 세계 마약 시장을 석권하고 있었고, 그가 가진 재산은 수백억 달러로 추정하고 있었다.

실제로 1989년 미국의 포브스지는 그의 재산을 250억 달러로 추정하여 세계 7위의 부자로 올려놓았었다.

그리고 나 또한 모로코에 진출했던 콜롬비아의 카르텔과 싸움을 벌였었다.

하지만 미국이 팔을 걷어붙이고 마약과의 전쟁을 선포하고 파블로 에스코바르와 앙숙관계가 된 세사르 가르비아가 콜롬비아 대통령이 되면서 그의 힘이 축소되고 있었다.

현재 경찰에 체포된 파블로 에스코바르는 일반 감옥이 아닌 그가 직접 지은 저택 감옥에 머물며 낮 동안은 마약과 관련된 사업 전반을 관리해 나갔고, 저녁마다 호화스러운 감옥에서 파티를 열었다.

에스코바르가 갇힌 감옥은 40만 평의 대지에 테니스장, 수영장, 볼링장, 운동장, 연회장, 호화 바 등이 마련되어 있으며 개인 경호원까지 두었다.

하지만 그의 운명도 올해를 넘기지 못한다.

호화 생활을 하고 있다는 사실을 파악한 미국 정부는 파블로 에스코바르를 다시 체포하여 미국으로 송환하려 했고, 이 소식을 미리 안 그는 호화 감옥을 탈출한 후 숨어 지내다가 그를 배신한 측근의 밀고로 1993년 12월 12일 미국의 델타포스와 콜롬비아 특수부대에 사살되었다.

내가 콜롬비아에 온 것은 커피 원두와 관련된 일 때문이기도 했지만 다른 일 때문이기도 했다.

마약왕 에스코바르가 소유한 재산 때문이었다.

뉴욕을 떠나오기 전날 밀턴 프리드먼이 제안을 받아들이기 위해 말르로프 조직을 이끄는 샤샤와 통화를 했다.

말르로프에서 운영하는 중고차 사업을 조직에서 떼어내 본격적인 궤도로 올려놓기 위해서였다.

샤샤와의 통화 중 파블로 에스코바르에 대한 이야기가 흘러나왔다.

에스코바르 자신이 가진 재산 중 일부를 안전한 장소로 옮기고 그 장소 중 하나를 러시아로 삼았다.

미국에도 상당한 부동산과 자산을 가지고 있던 파블로 에스코바르는 체포된 후 미국 내 재산을 미 정부에게 압수당했다.

러시아 마피아들과의 접촉 중 러시아에서 강력한 조직으로 떠오른 말르로프와 손이 닿은 것이다.

에스코바르는 12억 달러의 자금을 미국의 눈을 피해 러시아로 보내고 싶어 했다.

현재 파블로 에스코바르가 소유한 재산은 150억~280억 달러로 추정하고 있었다.

"공항이 혼잡하네요?"

"예, 2년 전이나 지금이나 변한 게 없는 것 같습니다."

내 말에 고영환 본부장이 답했다.

짐을 찾아서 입국장으로 나올 때 우리의 일행을 기다리는 인물들이 있었다.

그들은 다름 아닌 콜롬비아 주재 러시아 대사관의 직원들이었다.

"참사관 이반느 블리노브입니다. 이쪽으로 가시지요."

그는 나를 보자마자 정중하게 인사를 건넸다. 이반느 블리노브도 내가 러시아에서 어떤 위치에 있는지 잘 알고 있었다.

러시아 대사관 직원들의 정중한 인사에 고영환 본부장은

어리둥절한 표정이었다.

뉴욕으로 떠나기 전 콜롬비아 주재 러시아 대사관에도 연락을 취했다.

파블로 에스코바르의 자금을 러시아로 보내기 위해서는 러시아 정부의 도움이 필요했다.

또한 에스코바르에게 신의주 특별행정구에 대한 투자를 유치할 생각도 가지고 있었다.

파블로 에스코바르가 죽은 이후 그가 소유했던 엄청난 자금 중 일부만 회수되었고 대부분 자금은 그 행방을 알 수 없었다.

나는 그가 올해를 넘기지 못한다는 것을 잘 알고 있었다. 그렇기 때문에 파블로 에스코바르의 자금을 끌어들일 수 있다면 올해 러시아에서 신의주로 연결되는 송유관 설치 작업을 곧바로 진행할 생각이다.

송유관 설치 작업은 막대한 자금이 소요되는 공사였고, 예산 부족에 시달리고 있는 러시아 정부의 지원을 현재로서는 기대할 수 없었다.

우리는 러시아 대사관에서 준비한 차량을 타고서 예약을 한 호텔로 향했다.

산힐 호텔에서는 콜롬비아 러시아 대사인 미하일 글린카

가 기다리고 있었다.

"미할일 글린카입니다. 대표님을 꼭 한번 뵙고 싶었습니다."

미하일 글린카 대사 또한 러시아에서 내가 가지고 있는 힘과 영향력을 잘 알고 있었다.

"반겨 주셔서 감사합니다. 강태수라고 합니다."

내가 손을 내밀기를 기다렸다는 듯이 미하일 대사는 내 손을 잡았다.

"식사는 하셨습니까?"

"하하! 아직 먹지 못했습니다."

내 말에 미하일은 웃으면서 말했다.

"그럼, 식사를 함께하시면서 이야기를 나누시지요."

"예, 그러도록 하시지요."

나는 곧장 미하일 대사와 함께 호텔 내 식당으로 향했다. 저녁 6시를 넘어서는 시간대라 식사를 하기에도 안성맞춤이었다.

"러시아 정부의 화물선을 이용하고 싶으시다고요?"

현재 콜롬비아 카르타헤나 항구에는 러시아 정부 소유의 화물선인 부레야 호가 정박해 있었다.

부레야 호는 구소련 때부터 쿠바와 남미를 오가며 물자

를 실어 나르던 7천 톤급의 화물선이었다.

"예, 공식적인 루트로 실어 가기가 곤란한 물건이 있어서 그렇습니다."

"죄송한 말씀입니다만, 혹시 코카인은 아니겠지요?"

내 말에 미하일 대사는 약간은 걱정스러운 표정을 지으며 말했다.

일반적인 화물선이 아닌 러시아 정부가 운영하는 화물선을 사용한다는 것에 대한 의구심이었다.

"물론 아닙니다. 솔직히 말씀드리면 미국의 눈을 피하고 싶어서입니다. 이번 일은 러시아에 적지 않은 도움이 될 수 있는 일입니다."

"음, 본국에 연락을 취해도 되겠습니까?"

내 말에도 미하일 대사는 뭔가 꺼림칙한 표정을 지었다.

"굳이 그럴 필요까지는 없습니다. 이곳 대사관에서 보내는 물건으로만 해주시면 됩니다. 그리고 이거는 본국에서 활동비 지원이 원활한 것 같지 않아서 제가 드리는 지원금입니다. 15만 달러입니다."

내가 내민 것은 15만 달러의 여행자 수표였다. 현재 러시아 정부는 뭐든지 부족했다.

그렇다 보니 정부 관리와 공무원들의 비리가 넘쳐났다.

미하일도 15만 달러라는 말에 눈빛과 표정이 달라졌다.

그가 쉽게 만져볼 수 없는 돈이었다.

"제가 어떻게 하면 되겠습니까?"

미하일은 내가 내민 여행자 수표를 품속에 넣으면서 말했다.

이미 뉴욕을 떠나오기 전에 샤샤와 운송에 관련된 상황들을 모두 마친 상태였다.

문제는 미국 정부의 파블로 에스코바르에 대한 감시였다.

자신이 만든 감옥에서 호화스러운 생활을 하고 있었지만, 미국 마약국(DEA)과 연방수사국(FBI)이 함께 감시하고 있어 활동에 제약이 있었다.

그 때문에 전화 통화나 파블로 에스코바르와의 만남도 쉽지 않았다.

*　　　*　　　*

업무를 보는 자신의 서재 푹신한 의자에서 부하의 보고를 받는 파블로 에스코바르는 쿠바산 시가 연기를 뿜어내고 있었다.

"러시아에서 사람이 왔다고?"

"예, 우리의 요청을 받아들인 것 같습니다."

에스코바르에게 보고를 하는 인물의 이름은 카를로스 바카였다. 그는 에스코바르의 최측근이자 메데인 카르텔의 자금을 관리하는 인물로 변호사 출신이었다.

"러시아 놈들은 돈이라면 물불을 가리지 않고 달려들지. 어떻게 러시아로 운반할 건데?"

"러시아 친구들을 만나봐야지만 확실히 알 수 있을 것 같습니다. 들리는 말로는 이곳을 찾은 인물이 러시아 정부에도 막강한 영향력을 행사하는 인물이라고 합니다."

"놈들이 수수료를 너무 많이 달라는 것 아니야?"

파블로 에스코바르는 불만 섞인 표정으로 말했다. 샤샤가 에스코바르에게 제시한 조건은 러시아로 운반하는 비용과 보관료 10%였다.

10억 달러의 자금이면 수수료만 1억 달러였다.

"러시아의 다른 조직은 할 수 없는 일입니다. 미국이나 유럽으로의 길도 막힌 상태라서 자금을 이대로 두면 미국 놈들이 눈치챌 수 있습니다."

"음, 할 수 없지. 마약국 놈들은 아직도 있나?"

미국에서 파견된 마약국(DEA) 인물들도 메데인 카르텔에서 감시하고 있었다.

"예, 조만간 움직임을 보일 것 같습니다."

"제기랄, 돈만 받아 처먹고는 몸을 사리고 있으니⋯⋯.

미국 놈들만 아니라면 벌써 싹 쓸어버렸을 텐데."

메데인 카르텔은 정부 관리들에게 엄청난 자금을 뇌물로 뿌렸다. 또한 에스코바르의 명령으로 수많은 테러와 조직 간의 전쟁으로 600명 이상의 콜롬비아 경찰과 수많은 무고한 시민까지 살해했다.

그가 저지른 대표적인 테러로는 1989년 현재 대통령인 루이스 카를로스 갈란를 포함한 대통령 후보 3명을 암살하기 위해 100여 명 이상의 탑승객이 있던 여객기를 폭파한 것이었다.

정작 해당 후보는 탑승하지 않았고 무고한 승객과 승무원 전원이 사망하는 대참사가 벌어졌었다.

"시기가 좋지 않습니다. 이번에 이곳에서 살해한 놈들의 정보가 마약국에 넘어간 것 같습니다. 미국의 압력을 더는 버틸 수가 없다고 전해왔습니다."

감옥에 갇혀 있는 상황에서 에스코바르는 메데인 카르텔에 협조하지 않은 신문기자와 지방 관리를 납치해 와 이곳에서 고문하고 살해했다.

그 정보가 미국에 전달되었고 더는 에스코바르의 형태를 봐줄 수가 없던 미국 정부는 콜롬비아 정부에 강력한 압박을 가하고 있었다.

이 때문에 콜롬비아 정부는 에스코바르를 다른 교도소로

이감하려는 계획을 진행 중이었다.

아이러니한 것은 메데인 카르텔의 경쟁 조직이자 콜롬비아에서 두 번째로 큰 칼리 카르텔이 에스코바르의 정보를 FBI에 제공하고 있었다.

"날 미국으로 데려갈 수 없어! 반드시 놈들에게 뜨거운 맛을 보여줘야 해."

"우선은 향후를 도모할 수 있도록 조직의 자금을 안전한 장소로 옮겨야 합니다."

"그래야겠지. 이곳은 언제 나갈 건가?"

"다음 달로 잡고 있습니다."

실제로 에스코바르는 부하들과 함께 간수들이 지켜보는 가운데 1993년 7월 유유히 감옥을 탈출했다.

"후— 우! 자금을 좀 더 러시아로 보내면 어떨까?"

에스코바르는 다시 한 번 연기를 뿜어내며 말했다.

"러시아 친구들을 만나보시고 결정하시지요."

"음, 놈들을 이곳으로 부르면 마약국 놈들이 눈치챌 수 있을 텐데."

"그건 제게 맡기십시오."

카를로스 바카의 말에 에스코바르는 고개를 끄떡였다. 하지만 에스코바르는 자신의 운명이 가장 믿고 신뢰하는 바카에 의해 달라진다는 사실을 알지 못하고 있었다.

에어컨이 나오고는 있었지만 호텔 방의 온도는 그다지 떨어지는 느낌이 들지 않았다.

"경호원들을 더 불러들이는 것이 어떻겠습니까?"

티토브 정이 날 보며 물었다. 콜롬비아의 카르텔의 악명은 러시아 마피아와 비교해서 전혀 떨어지지 않았다.

카르텔의 범죄로 인해 콜롬비아에서는 1991년 25,000명이 1992년에는 27,100명이 살해당했다. 메데인 카르텔이 주도적으로 범죄를 저질렀다.

메데인 카르텔은 콜롬비아 정부군과 경찰보다도 우수한 무기와 장비로 무장한 자체적인 군대도 가지고 있는 세력이었다.

미국이 적극적으로 도와주지 않았다면 콜롬비아 정부는 메데인 카르텔을 상대할 수 없었을 것이다.

"정 과장님이 보시기에는 위험한가요?"

"아무래도 상대가 상대인지라. 혹시라도 만약에 사태를 대비해야 할 것만 같습니다."

김만철이 없어서인지 티토브 정은 내 신변에 대해 더욱 조심하는 것 같았다.

"인원이 많아지면 미국 쪽에서 관심을 가질 수 있습니다. 원래 계획한 대로 커피 농장들도 둘러보면서 이쪽 일도 진행하면 될 것입니다."

메데인 카르텔과의 일은 갑작스럽게 추진된 것이었다.

샤샤의 이야기를 듣고는 파블로 에스코바르의 신상에 관한 일이 불현듯 생각났었다.

마약왕 에스코바르의 죽음은 전 세계의 언론에 큰 이슈거리였었고 한국에서도 마약왕의 죽음을 비중 있게 다루었었다.

그때 본 기사 내용이 내 머릿속에 고스란히 기억되어 있었기 때문에 이번 일을 진행하기로 결심한 것이다.

에스코바르의 운명은 얼마 남지 않았다.

"대표님은 늘 위험을 감수하시는군요."

"그러게 말입니다. 위험이 늘 동반자처럼 따라다니네요. 이번 일이 잘 진행되면 상당한 비자금을 마련할 수 있게 됩니다. 또한 그 자금 중 일부를 콜롬비아에 재투자할 수도 있고요."

메데인 카르텔을 이끄는 파블로 에스코바르는 남미에서 그 누구보다도 현금이 많았다.

달러는 물론이고 파운드화와 마르크화도 넘쳐났다.

현금 거래를 선호하는 마약 거래의 특성상 현금을 은행에 예치하기보다는 대형 금고를 마련해 귀금속과 함께 보관하고 있었다. 스위스 비밀 금고에도 메데인 카르텔의 자금이 들어 있었다.

미국의 감시와 압력이 거세지고 있는 상황에서 에스코바르는 콜롬비아를 떠날 생각마저 하고 있었다.

그러기 위해서는 먼저 막대한 자금을 안전하게 해외로 옮겨 놓아야만 했다.

"알겠습니다. 저도 이번에는 총이 필요할 수 있겠습니다."

티토브 정은 웬만해서는 총을 사용하지 않았다.

"총을 쏠 일을 만들지 않을 것입니다."

티토브 정이 걱정하는 바를 모르는 것은 아니었다. 하지만 더 큰 도약을 하기 위해서는 더 많은 자금이 필요했다.

다방면에서 벌이고 있는 사업들에 막대한 자금이 들어가고 있었고, 또한 앞으로도 지금보다 더 많은 자금이 들어가야만 했다.

"그렇게 돼야지요."

티토브 정의 말이 끝났을 때 탁자 위에서 전화벨이 울렸다.

따르릉! 따르릉!

내가 수화기를 들었다.

"여보세요?"

─불곰이 춤추기를 원한다.

메데인 카르텔과의 접촉 암호였다. 수화기 너머의 사내는 어눌하지만, 영어를 썼다.

"불곰은 오늘만 춤을 춘다."

―뒤쪽 주차장에서 차를 타시오. 경호원은 한 명만 허용됩니다.

딸각!

자신이 하고 싶은 말만 한 사내는 곧바로 전화를 끊었다.

"만나자는데요. 경호원은 한 명만 허용하겠답니다."

"왠지 너무 서두르는 느낌이 듭니다."

원래는 콜롬비아 도착 이틀 뒤에 연락을 주고받기로 했다.

"음, 그럼 경호원 모두를 대동하도록 하지요. 러시아 대사관에서 준비해 준 차량은 저들이 모를 테니까요."

티토브 정과 함께 날 경호하는 경호원은 세 명이었고 모두 한국인이었다.

그들 모두 특수부대와 청와대 경호원 출신이었다.

러시아가 아닌 지역에서는 한국인 출신의 경호원들이 날 경호했다.

"그렇게 하는 것이 좋을 것 같습니다. 추적 장치도 몸에 지니시지요."

티토브 정은 100m 이내만 벗어나지 않으면 추적할 수 있는 수신기를 말했다.

러시아 대사관에서는 만약을 위해 차량과 함께 무기도 제공했다.

내가 만약 잘못되면 한국 대사관이 아닌 러시아 대사관이 발 빠르게 움직일 것이다.

티토브 정의 말에 나는 수신기를 호주머니에 넣었다. 수신기는 일반 건전지로도 보름 동안 신호를 내보낼 수 있었다.

호텔 뒤쪽 주차장에서는 녹색 승합차 한 대가 대기하고 있었다.

나와 티토브 정이 걸어오는 걸 확인한 차량에서 문이 열리고 한 남자 내렸다.

30대로 보이는 인물로 콧수염을 멋지게 기른 인물이었다.

"오늘만 춤추는 불곰들이오?"

"때에 따라서는 내일도 불곰은 춤을 춥니다."

또 다른 암구호를 주고받았다.

"타십시오. 그리고 안에 있는 옷으로 갈아입으십시오."

차 안에 올라서자 안에는 남미 정통 악기와 음악가들이 입는 복장이 걸려 있었다.

"어디로 가는 것입니까?"

티토브 정의 물음에 사내는 짧게 대답했다.

"보스가 있는 곳으로 갑니다."

"이 복장은 꼭 입어야 합니까?"

"예, 보스를 만나기 위해서는 입어야 합니다. 저 상자에는 분장용 콧수염도 있으니까 붙이는 것이 위장하기에 좋습니다. 미국의 DEA(마약국)와 FBI의 감시 때문입니다."

사내의 말에 우리는 영화 속에서나 봤던 복장으로 갈아입었다.

승합차는 호텔을 출발해 20분 정도 달리다 한 건물 앞에서 멈췄다.

그리고 다시금 문이 열리며 악기를 든 악사들 다섯 명이 차량에 올라탔다.

그들은 우리 두 사람을 보며 가벼운 눈인사와 함께 빈자리에 앉았다.

"실제 악사들입니다. 이들과 함께 두 분은 오늘 파티에 필요한 악사가 되어야 합니다."

앞좌석에 앉은 사내가 우리에게 상황을 설명해 주었다. 그리고 다시 승합차는 목적지를 향해 속력을 올렸다.

승합차 뒤로는 조용히 나를 경호하기 위한 차량이 따라붙었다.

Chapter 12

　1시간 반을 더 달려서 온 곳은 라 카테드랄이란 이름의 감옥이었지만 감옥이라고는 볼 수 없었다.

　경비 초소와 간수들도 있었지만, 일반적인 교도소와는 확연히 달랐다.

　오히려 이곳을 지키는 듯한 모습이었다.

　승합차 문이 열리고는 총을 든 경비원이 차량에 탄 인물들을 형식적으로 살폈다.

　함께 차량에 탑승한 악사들은 여러 번 이런 일을 겪었는지 긴장하는 기색이 전혀 없었다.

나와 티토브 정은 승합차 안쪽에 앉아 고개를 숙인 채 콜롬비아 전통악기인 땀보르(Tambor)와 14현 반돌라를 끌어안고 있었다.

넓은 챙이 달린 모자까지 쓰고 있어서인지 경비원은 나와 티토브 정을 크게 신경 쓰지 않았다.

형식적인 경비 절차를 통과한 우리는 파블로 에스코바르가 갇혀 있는 개인 감옥 안으로 들어섰다.

안으로 들어서자 감옥이라고 할 수 없었다.

40만 평의 감옥은 감옥이 아니라 휴양소라고 불러도 손색이 없을 만큼 다양한 시설들이 들어서 있었고, 나이트클럽까지 있는 이곳에서 에스코바르는 자유로운 생활을 영위했다.

"말은 들었지만, 감옥 분위기가 전혀 나지 않는군."

"이 나라도 참으로 신기한 나라입니다."

내 말에 티토브 정이 감옥을 안을 살피며 고개를 흔들었다.

승합차는 넓은 주차장이 마련되어 있는 건물 앞에 세워졌다. 불이 환하게 켜진 건물 안에서는 경쾌한 음악 소리와 함께 여자들의 간드러진 웃음소리도 들려왔다.

건물 안에서는 파티가 열리고 있었다.

안으로 들어가자 호텔의 로비처럼 넓은 홀에서는 수십

명의 사람이 오디오에서 흘러나오는 음악에 맞추어 춤을 추고 있었다.

그들 중에는 외국인으로 보이는 인물들도 있었다.

우리와 함께 도착한 악사들은 안으로 들어가자마자 악기를 꺼내 들면서 오디오에서 흘러나오는 음악과 똑같이 연주하기 시작했다.

악사들의 등장에 홀 안에서 춤추던 사람들이 환호하며 더욱 결렬하게 춤을 추었다.

"이쪽으로 가시지요."

우리를 이곳으로 안내했던 사내는 우릴 다시 2층으로 안내했다.

2층에서는 아래층에서 춤을 추는 분위기와는 달리 인상을 쓰고 있는 경비원 다섯 명이 자동소총을 든 채 우리를 유심히 관찰하고 있었다.

2층으로 올라선 우리는 가장 안쪽에 위치한 방으로 안내되었다.

똑똑!

"들어와!"

"들어가십시오."

안에서 소리가 들리자 우리를 안내했던 사내가 말했다. 그는 함께 방 안으로 들어가지 않았다.

유럽에서 수입한 화려한 가구들로 장식된 방 안에서 4명의 사내가 우리를 기다리고 있었다.

그중 두 명은 자동소총으로 무장한 경호원이었다.

45살의 파블로 에스코바르는 콧수염과 함께 중년의 나이에 걸맞게 배가 나와 있었다.

"러시아인이 아니잖아?"

고급 가죽 소파에 앉아 있는 파블로 에스코바르가 조직의 자금을 담당하는 카를로스 바카를 보며 물었다.

"앞에 있는 인물이 말르로프 조직의 실질적인 보스입니다."

스페인어라 두 사람이 무슨 말을 나누는지 알아들을 수 없었다.

"젊은 놈이 대단하군."

에스코바르는 나를 보며 말했다.

"어서 오십시오. 저는 카를로스 바카라고 합니다. 이쪽은 저희를 이끄시는 보스이십니다."

멋진 흰색 양복을 입은 채 인사를 건네는 칼를로스 바카는 영어에 능통했다.

"강태수라고 합니다."

나는 에스코바르에게 악수를 청하기 위해 손을 내밀었지만, 그는 내 손을 잡지 않았다.

"파블로 에스코바르라고 한다."

에스코바르는 나를 깔보는 듯한 말투였지만 카를로스 바카가 정중하게 통역을 했다.

"단도직입적으로 말을 하지. 10%의 수수료는 너무 많아. 5%로 해주면 20억 달러를 추가하겠다."

불만 섞인 에스코바르는 나를 보며 말했다. 다혈질적인 성격의 에스코바르는 기분에 따라 수시로 말을 바꾸는 경우가 많았다.

"이미 수수료에 대한 이야기는 끝난 거로 아는데."

샤샤와 메데인 카르텔은 자금 운반과 관련된 수수료에 대한 이야기를 모든 마친 상태였다.

하지만 어려 보이는 나를 보자 에스코바르의 생각이 바뀐 것이다.

한마디로 나를 얕잡아 본 것이다.

"어린놈이 돈독이 올랐군. 힘들게 벌어들인 돈을 너무 날로 먹는 것 같아서 말이야. 지금의 말을 그대로 통역해."

에스코바르는 웃으면서 말했다. 난처한 표정의 바카를 보니 대충 그가 말한 의미를 알 수 있었다.

"가격이 맞지 않는다면 협상은 여기서 끝내도록 하지."

내 말이 에스코바르에게 전달되자 표정이 험하게 바뀌었다.

"지금 일어나면 두 발로 걸어서는 여기서 나가지 못해."

에스코바르의 말에 방 안의 분위기가 달라졌다.

"후후! 그럴 수도 있겠지. 하지만 너도 살아남을 수 없다."

내 말이 통역되자 뒤에 있던 경호원 두 명이 총을 움켜쥐는 모습이 눈에 들어왔다.

"으하하하! 이곳에 300명의 경호원이 있지. 그 인원들을 네가 모두 상대하겠다고?"

눈에 띌 정도로 흰 이빨을 드러내며 웃는 에스코바르는 내 말을 믿지 못하는 말투였다.

"이 방에는 단지 4명뿐이잖아."

내 말이 떨어지기 무섭게 티토브 정이 무서운 속도로 뒤쪽으로 몸을 날렸다.

퍽! 퍽!

총을 겨눌 사이도 없이 두 명의 경호원이 그대로 바닥으로 주저앉듯 쓰러졌다.

두 사람 모두 두 눈을 뜬 채 정신을 잃었다.

"후후! 이젠 두 명뿐이군."

그 모습에 웃고 있던 에스코바르의 얼굴에서 웃음기가 사라졌다.

방 안에 있던 경호원들은 에스코바르의 부하 중에서도

실력이 뛰어난 인물들로 구소련과 영국의 특수부대 출신들에게서 훈련을 받았다.

에스코바르가 더욱 놀란 것은 티토브 정이 어떤 방법으로 이들을 쓰러뜨렸는지 알 수 없다는 점 때문이었다.

"놀랍군. 어떻게 한 거지?"

두 눈이 커진 에스코바르가 호기심 가득한 표정으로 물었다. 그는 지금까지 이런 방법으로 사람을 쓰러뜨린 것을 보지 못했다.

에스코바르가 소유한 농장에서 조직의 히트맨을 양성하는 영국과 구소련의 특수부대 출신들이 보여줬던 격투술과는 확연히 달랐다.

"말을 해주어도 네 머리로는 이해할 수가 없어."

난 노골적인 반말 투로 말했다. 마약 조직이나 폭력 조직에는 늘 이에는 이, 눈에는 눈으로 대했다.

아니, 그 이상으로 상대해 주어야만 함부로 대하지 못한다.

"뭐라고? 놀이는 거기까지다. 더 이상 헛바닥을 놀리면 네 혀를 뽑아서 개에게 던져줄 것이니까."

심각한 표정의 바카와는 달리 에스코바르는 지금의 상황을 심각하게 받아들이지 않았다.

"후후! 무식한 놈이군. 난 내가 한 말을 지금까지 단 한 번도 어긴 적이 없다. 넌 내가 일어나는 순간 죽는다."

말이 끝나자마자 나에게서 뿜어져 나오는 싸늘한 기운을 느꼈는지 에스코바르의 얼굴이 경직되었다.

"진심이군. 하지만 너도 살아서 이곳을 벗어나지 못한다."

나와 에스코바르의 팽팽한 기 싸움 때문에 우리를 불러들인 바카가 끼어들 틈이 없었다.

그때였다.

똑똑!

"보스, 무슨 일이라도 있으십니까?"

문밖에서 소리가 들려왔다.

"하하하! 지금이라도 용서를 빌면 받아들여 주지. 대신 날 위협한 대가로 손가락 세 개는 받아야겠어. 우리 집 개가 간식으로 손가락과 발가락을 특히나 좋아해서 말이야."

부하의 목소리에 다시금 힘이 나는지 에스코바르가 라이터 크기의 둥근 원형 위로 빨간 스위치가 달린 물체를 내보이며 말했다.

아마도 문밖에서 경비하는 경호원들에게 신호를 보내는 장치 같았다.

2층에는 다섯 명의 무장 경호원이 있었다.

"후후! 문밖에 있는 경호원들을 믿나 보군. 그게 얼마나 허무한지 보여주지."

내 말에 끝나자마자 티토브 정이 방문을 열고 밖으로 나갔다.

큭!

픽! 퍼픽!

헉! 컥!

티토브 정이 나가자마자 연속해서 짧은 비명이 연속해서 들렸다.

그리고 2분이 채 되지도 않았을 때 티토브 정은 2층에 있던 경비원 모두를 방 안으로 끌고 들어왔다.

모두가 정신을 잃은 상태였다.

그 광경에 에스코바르의 놀란 입이 벌어진 채 다물어지지 않았다.

"난 손가락이 아닌 발가락으로 두 개만 하지. 대신 엄지발가락으로 말이야."

나는 바닥에 쓰러진 경호원의 허리춤에서 군용 대검을 꺼냈다.

"자, 잠깐. 내가 사과하겠소. 테스트를 해보려고 한 것이오."

에스코바르의 말투가 달라졌다. 자존심이 무척이나 강한

그가 꼬리를 내린 것이다.

"날 테스트한 대가가 크다는 걸 몰랐나 보군. 수수료는 12%로 하겠소."

"아니! 2%를 더 받는 말이오?"

"후후! 그럼 난 테스트를 계속 진행해야겠는데……."

내가 의자에서 일어나 대검을 들고 에스코바르에게 다가가려 하자 에스코바르는 다급하게 외쳤다.

'이놈은 진짜군.'

"좋소! 12%로 하겠소."

에스코바르의 말에 난 다시 자리에 앉으면서 대검을 테이블에 내리꽂았다.

팍!

대검은 손잡이만 남겨둔 채 두꺼운 테이블을 아래에 깊숙이 박혔다. 이러한 일은 보통 사람이 할 수 없는 일이었다.

"이젠 더는 말을 바꾸지 않았으면 좋겠습니다."

"무, 물론이요. 운송 방법에 대해 알려주면 곧바로 일을 진행하도록 하겠소."

"운반은 러시아 정부 소유의 화물선 부레야 호를 통해서……."

나는 에스코바르에게 운송 방법에 관해 설명했다.

"하하하! 아주 마음에 듭니다. 좀 전의 무례를 용서해 주시길 바랍니다."

에스코바르는 큰 소리로 웃으며 만족감을 표시했다.

현재로서 그가 가진 재산을 갖고 콜롬비아 밖으로 탈출할 방법은 오로지 내가 제시한 것뿐이었다.

에스코바르와 그의 조직인 메데인 카르텔과 연관된 주요 인물들의 은행 거래가 모두 막힌 상태였다.

더구나 에스코바르는 부하들을 믿지 못했다.

*   *   *

"오늘도 파티군."

에스코바르가 수용된 개인 감옥을 감청하고 있는 미국 마약국(DEA) 요원은 투덜거리듯이 말했다.

에스코바르를 미국으로 송환하기 위해 다방면으로 힘을 쓰고 있었지만, 지금까지는 성과를 내지 못하고 있었다.

하지만 콜롬비아의 여론과 정치인들이 에스코바르에게 등을 돌리고 있어 조만간 구체적인 성과가 나올 상황이었다.

"별다른 것은 없나?"

커피를 마시고 있는 다른 요원이 물었다.

"음악 소리 때문에 다른 소리가 들려야지."

요원은 신경질적으로 헤드폰을 집어 던졌다.

"조만간 좋은 소식이 있을 거야. 놈도 이젠 한계 상황이야."

"그래야지. 이 생활도 지긋지긋하니까."

두 사람이 콜롬비아에서 생활한 지도 1년이 넘어서고 있었다.

파블로 에스코바르를 잡아 감옥에 처넣었지만, 미국으로 공급되는 코카인의 양은 그다지 줄지 않았다.

결국 에스코바르를 미국으로 송환하기 위한 물밑 작업이 이루어지고 있었다.

*   *   *

에스코바르는 러시아로 30억 달러를 보내기로 했다.

수수료만 해도 3억 6천만 달러였다. 이 돈은 모두 소빈뱅크의 금고로 들어가며 에스코바르가 원하면 유럽과 미국은 물론 소빈뱅크와 연계된 은행에서도 찾을 수 있었다.

이러한 제안에 에스코바르는 크게 만족스러워했다.

"바카가 왜 만나자고 한 걸까요?"

돌아오는 차 안에서 티토브 정이 내게 물었다.

"음, 제가 볼 때는 에스코바르에게 불만을 품고 있는 것 같습니다."

자금을 담당하는 카를로스 바카는 메데인 카르텔의 조직원들까지 무참하게 고문하고 죽이는 에스코바르의 행동에 치를 떨고 있었다.

바카와 친했던 조직원도 사소한 실수로 인해 에스코바르의 명령으로 무참하게 살해당했다.

죽음까지 몰고 갈 정도의 실수는 아니었지만, 에스코바르의 기분이 좋지 않은 때에 벌어졌던 것이 문제였다.

자신의 기분에 따라서 즉흥적으로 일을 벌이는 에스코바르의 행동에 더는 참을 수 없게 된 것이다. 오늘도 계약을 이끌어낸 자신의 의사를 전혀 고려하지 않은 에스코바르의 행동으로 목숨이 위태로울 뻔한 것이다.

"말씀대로 메데인 카르텔이 와해하는 것입니까?"

티토브 정에게 에스코바르가 올해를 넘기기 힘들다고 말해주었었다.

"에스코바르는 너무 많은 살인을 저질렀습니다. 뇌물 아니면 암살을 선택하는 극단적인 행동에 돈을 받고서도 그에게 등을 돌리는 정치인들이 많아졌습니다. 그동안 너무 많은 적을 만든 것이 문제겠지요."

"엄청난 돈을 움켜쥐어도 결국 범죄자는 죗값을 치르는

것 같습니다."

"부질없는 목표를 향해 달린 것이지요. 하지만 콜롬비아 정치권과 기득권층의 부정부패가, 에스코바르가 힘을 가질 수 있게 된 원인입니다. 또한 콜롬비아 경제 상황이 좋지 않아 마약 거래를 통해 벌어들인 달러에 의존한 것도 문제였습니다."

콜롬비아는 농업, 광업을 주로 하는 후진국형 경제 체제를 가진 나라이다.

콜롬비아는 한때 섬유와 의류 산업이 발전했었지만 이보다 더 값싸고 손재주가 좋은 아시아 시장이 섬유 및 의류 산업의 대체 국가로 떠오르면서 몰락의 길로 걸었다.

풍부한 농업, 임업, 지하 자원을 보유한 나라임에도 불구하고 제조업이 별로 발전하지 못해 원료를 수출하고 완제품을 수입하고 있는 러시아의 경제 체제와 비슷했다.

"대표님이 생각하고 있으신 일들이 어디까지인지 상상이 가질 않습니다. 어떻게 이 많은 일들을 알고 계신지도요."

티토브 정의 말처럼 나는 보통 사람이라면 알 수 없는 일들을 알고 있을 뿐만 아니라 알아도 할 수 없는 일들을 서슴없이 진행하고 있었다.

*　　　*　　　*

콜롬비아 보고타에서 차로 10시간을 달려 친치나와 마니살레스, 살렌토 지역의 커피 농장들을 방문하였다.

이 지역은 안데스 산맥 중부 산악지역으로 고도 2,000m 내외로 안데스 고원의 온화한 기후와 함께 적당한 강수량, 그리고 무기질이 풍부한 화산재 토양이 어우러져 커피 재배에 있어 이상적인 환경을 갖추고 있다.

콜롬비아 전체 영토에서 1% 정도에 불과한 지역이었지만 커피 원두의 절반이 이곳에서 생산된다.

"지금 달리고 있는 이 길은 죄수들이 건설한 것입니다. 한편으로 형기가 끝난 죄수들이 이곳에 정착해 마을을 형성하게 되었지요."

고영환 본부장의 말처럼 수천 미터의 산들로 둘러싸인 이곳은 죄수들이 아니었다면 길을 낼 수 없다는 생각이 들었다.

깊은 계곡과 높은 산들이 어우러져 있는 풍경이 당대의 거장이 그려낸 멋진 그림보다도 아름답게 다가왔다.

자연이 인간에게 주는 아름다움은 그 무엇으로도 대체할 수 없었다.

"다른 걸 떠나서 자연환경이 정말 아름답습니다."

"하하하! 저도 이곳을 처음 방문했을 때는 눈을 떼지 못했습니다. 이런 곳을 개척해서 커피나무를 심은 것도 대단하고요."

"주변 환경 때문에라도 사람들의 손이 아니면 안 될 이유가 되겠네요."

"예, 기계로는 할 수 없습니다."

커피 농장이 위치한 주변은 그나마 낮은 산이었지만 그렇지 않은 지역은 **빽빽**한 밀림처럼 나무들로 가득했다.

커피 농장을 만들기까지 얼마나 많은 수고가 있었는지 알 수 있게 해주었다.

현재 국제적으로 커피 원두 값이 작년에 이어 올해도 좋지 않았다.

우리가 방문하는 커피 농장도 수익이 떨어지자 버티지 못하고 매물로 나온 상태였다.

커피 농장에 도착하자 연락을 받은 농장주가 나와 우리를 반겼다. 그는 현지인이 아닌 미국인이었다.

"반갑습니다. 먼 길 오시느라 수고가 많으셨습니다. 피터라고 합니다."

"그렇지 않아도 엉덩이가 유독 툴툴대네요. 강태수입니다."

커피 농장에 도착하기까지 대부분이 비포장도로였다.

"하하하! 이곳에서는 엉덩이가 제일 먼저 단련되지요.

자, 안으로 들어가시지요."

내 말에 웃음을 내보인 농장 주인은 함께한 친구들과 차례로 인사를 나눈 후 우리를 자신의 집으로 안내했다.

피터의 집은 이 지역에서 가장 크고 좋게 만들어진 주택이었다.

2층으로 지어진 주택 안으로 들어서자 진한 커피 향기가 우리를 반기고 있었다.

우리가 도착할 시간에 맞추어 농장에서 생산한 커피 원두를 볶고 있었다.

갓 볶은 커피의 향은 믿을 수 없을 만큼 진했고, 한 모금 머금은 커피의 깊고 풍부한 맛과 향이 입안 가득 전해졌다.

뉴욕에서 마셨던 커피와는 전혀 다른 맛이었다.

"정말 맛이 좋습니다."

"하하하! 이곳 커피의 맛은 세계 최고라고 자부할 수 있습니다. 제가 미국으로 돌아가야 할 일이 없었다면 커피 맛 때문이라도 이곳에 계속 남아 있었을 것입니다."

피터는 올해 50살로 이곳에 정착한 지 10년째였다. 개인적인 사정과 커피 원두 가격이 좋지 않자 애써 가꾼 농장을 내놓은 것이다.

커피나무는 커피콩을 발아시켜 묘목으로 키워 제대로 옮겨 심기까지 8개월이 걸린다.

묘목이 나무로 자라 열매를 맺기까지는 다시 3년이 걸리고, 본격적인 수확은 5년이 지나야 가능하다. 커피나무 한 그루당 커피 수확이 가능한 기간은 보통 20년 내외다.

이곳 피터의 농장은 한창 커피 원두를 수확할 때였다.

"커피 맛이 아주 좋습니다."

커피 전문가인 고영환 본부장도 엄지손가락을 추켜세우며 말했다.

이런저런 신상에 관한 이야기를 나눈 후 농장에 대한 가격을 물었다.

"가격은 어느 정도로 생각하십니까?"

"지금은 제값을 받지 못하고 있지만, 조만간 원두의 가격이 회복될 것입니다. 보셨던 것처럼 커피나무들의 상태도 최상입니다. 그래서 15만 달러는 받아야……."

피터는 살짝 나와 고영환 본부장의 눈치를 보며 말했다.

"좋습니다. 15만 달러에 하시지요."

내 말에 고영환 본부장도 고개를 끄떡였다. 충분히 그 이상의 값어치를 지닌 농장이었다.

"하하하! 화끈하십니다."

피터는 사실 1~2만 달러는 가격 절충이 있을 거로 생각했었고, 그걸 받아들이려고 했다.

"대신 한 가지 부탁이 있습니다. 주변 농장들도 우리가 좋은 가격으로 매입할 의사가 있습니다. 저희에게 소개를 해주시면 좋겠습니다."

"하하하! 물론 도와드려야지요. 저희 농장 말고도 몇 군데 농장을 내놓은 곳이 있습니다. 좋은 가격이라면 팔려는 농장이 더 있을 것입니다."

피터는 만족스러운 웃음을 보이며 말했다. 커피 원두 가격은 내년 중반이 지나면 서서히 회복될 거로 보고 있었다.

회복된 원두의 가격은 더 이상 내려가지 않고 커피 시장의 확대로 인해 앞으로 지속적으로 올라갈 것이다.

질 좋은 원두를 생산하는 커피 농장을 확보해 놓아야 닉스커피의 가장 큰 무기가 되는 것이다.

Chapter 13

커피 농장 주인 피터의 소개로 마니살레스와 살렌토 지역의 커피 농장 다섯 개를 더 사들였다.

커피 농장을 사들인 금액은 총 100만 달러가 소요되었고 예상했던 금액보다도 적게 들어갔다.

커피 원두의 국제시세가 몇 년간 떨어진 것이 그 원인이었다.

이 지역에서 생산되는 커피 원두들의 품질은 콜롬비아에서도 가장 뛰어나다고 말할 수 있었다.

새롭게 알게 된 사실은 인스턴트커피의 대부분은 좋은

콩을 골라내고 남은 벌레 먹거나, 덜 자라거나, 너무 익은 커피콩으로 만든다는 것이다.

커피 농장에서 일하는 일꾼들은 모두 고용했고, 추가로 농장을 책임지고 관리할 수 있는 중간급 인물들도 새롭게 뽑았다.

앞으로 고영환 본부장이 미국과 콜롬비아를 오가며 농장들을 관리할 예정이다.

이곳 콜롬비아에서 살아가고 있는 교민 중에서도 닉스커피에서 일할 인력을 채용하기로 했다.

앞으로 농장은 10개로 늘릴 계획이었고, 도로와 함께 주변 환경을 개선할 생각이다.

먼저 나는 이 지역에 10만 달러를 투자해 초등학교와 진료소를 짓기로 했다.

이 지역에서 일하는 주민들과 농민들에게는 큰 희소식이었다. 자녀들을 학교에 보내려면 버스로 2시간이 넘게 소요되는 곳까지 나가야만 했고, 병원은 3시간 30분 이상이 걸렸다.

이 소식이 전해지자 커피 농장을 사들이는 일로 적대적인 모습까지 보였던 지역 주민들은 크게 기뻐했다.

초등학교와 진료소에서 일할 선생님들과 의사의 월급도 모두 닉스커피에서 제공할 것이다.

대신 닉스커피에 소속된 농장에서 일하는 직원들에게 우선적인 혜택이 돌아간다.

나는 이 지역에 좋은 일자리를 제공하고 이익을 함께 도모할 수 있게끔 할 것이다.

좋은 일자리라는 것은 행복감을 안겨 주는 직업이며 먹고사는 문제를 해결해 주면서 개인의 가치도 획득할 수 있도록 하는 일자리를 말한다.

가치란 또한 사람이 어떤 유용한 것을 만들어 세상과 공유하고 소통할 때 발생하는 그 무엇이다.

누군가 좋은 일자리를 만들었다는 말은 다시 말해 새로운 가치를 창조했다는 뜻이다.

나는 힘든 삶을 영위해 가는 지역 주민들과 행복한 가치를 나누고 싶었다. 이런 마음은 내가 운영하는 기업들에 속한 모든 직원에게 해당하는 것이다.

*　　　*　　　*

이틀을 커피 농장에서 보내고 보고타로 돌아왔을 때 카를로스 바카가 호텔 직원으로 변장해 날 찾아왔다.

그 또한 메데인 카르텔의 주요 인물이었기 때문에 미국 마약국의 수사 대상에 올라 있었다.

"오시길 계속 기다렸습니다."

바카의 표정이 무척 초조해 보였다.

"무슨 일이 있습니까?"

"정부가 보스를 미국에 넘겨주기로 결정을 내렸습니다."

바카와 친한 경찰관계자가 정보를 주었다.

"에스코바르도 알고 있습니까?"

"지금쯤 소식이 전해졌을 것입니다."

"그럼 우리가 맺은 계약은 취소되는 것입니까?"

"아닙니다. 한 가지 더 추가된 상황이 있습니다."

"무엇입니까?"

"저와 가족들을 러시아로 데려가 주십시오."

예상치 못한 말이 바카의 입에서 나왔다. 그는 콜롬비아를 떠나고 싶어 했다.

"사람을 데려가는 일은 계약에 없는 일입니다."

"제 가족은 모두 4명입니다. 러시아가 아니더라도 콜롬비아를 떠나게 해주시면 2천만 달러를 드리겠습니다."

바카는 딸과 아들, 그리고 부인이 전부였다. 인당 500만 달러를 지급한다는 말이었다.

"상당한 금액이군요. 이 돈을 어떻게 지급하시려고 합니까?"

궁금했다. 2천만 달러는 일반 사람들이 만질 수 없는 금액이자 쉽게 벌 수도 없는 금액이다.

"후! 말씀을 꼭 드려야 합니까?"

바카는 깊은 한숨을 쉬며 물었다.

"절 믿으신다면 말해주시는 편이 좋습니다."

"음, 제 이야기를 듣고 절 위협하시지는 않겠지요?"

바카는 망설이는 표정이 역력했다.

"전 사업가지, 범죄 조직을 이끌지는 않습니다. 사실 콜롬비아도 커피 사업 때문에 방문했던 것입니다."

내가 커피 사업을 진행하고 있다는 것을 바카도 알고 있었다.

"알겠습니다. 제가 지금 기댈 사람은 강태수 대표님밖에 없으니까요. 제가 메데인 카르텔의 자금을 담당하고 있다는 것은 알고 계실 것입니다."

내가 고개를 끄떡이자 바카는 계속해서 말을 이었다.

"조직의 자금은 대부분 현금으로… 현재 120억 달러가 넘는 금액이 스위스 비밀 금고에 잠자고 있습니다. 계좌번호는 제가 알고 있지만, 비밀번호는 보스가 알고 있습니다. 스위스 비밀 계좌를 만들 때 저 또한 제 미래를 위해서……."

카를로스 바카는 메데인 카르텔의 자금을 담당하면서 자신만의 비자금을 만든 것이다.

정확히 말하자면 이전 자금 담당자가 만들어놓은 비밀

계좌를 관리한 것이다. 바카 이전의 자금 담당자는 콜롬비아 경찰로 변장한 히트맨에게 사살되었다.

에스코바르도 알지 못하는 자금이었고, 에스코바르가 스위스에 비밀 계좌를 만들 때 바카가 이 비밀 계좌에 있던 자금을 스위스로 옮겨 놓은 것이다.

엄청난 현금들이 오고 가는 마약 거래에서 제대로 파악되지 않는 자금들도 많았고, 중간에 조직원들이 착복하는 경우도 있었다.

여러 상황 속에서 바카에게 흘러간 돈이 무려 10억 달러였고 에스코바르에게 보고하지 않았다.

"에스코바르가 알게 되면 큰일 날 일이군요."

"보스의 운명은 얼마 남지 않았습니다. 제가 염려하는 것은 칼리 카르텔과 보수 우파 정치인들이 합심해서 만든 로스 페페스입니다. 이들이 제 가족을……."

로스 페페스(Los Perseguidos por Pablo Escobar의 약자, 파블로 에스코바르가 죽인 사람들이라는 뜻)는 자경단이었다.

강력한 메데인 카르텔에 대항하기 위해서 콜롬비아에서 이인자 위치에 있는 칼리 카르텔과 에스코바르의 죽음을 원하는 우파 정치인들이 만든 조직이다.

이 로스 페페스의 활동으로 인해 메데인 카르텔의 조직원과 협력자들 300명이 죽임을 당했다.

현재 양측 간의 피의 복수가 벌어지고 있었다.

"보스가 미국으로 인도되면 메데인 카르텔의 붕괴가 빠르게 일어날 것입니다. 그렇게 되면 저와 가족들의 신상도 위험에 빠집니다. 제가 체포되어 감옥에 들어가자마자 저는 살해될 것이 뻔합니다. 그리고 가족들도 마찬가지고요."

돈 때문에 메데인 카르텔에 협조했던 변호사 출신의 바카는 가족들을 희생시키고 싶지 않았다.

처음 메데인 카르텔 조직원들의 변호를 맡은 계기로 출발해 이젠 조직의 핵심 인물로 성장한 것이다.

하지만 하루하루가 늘 불안감에 사로잡혀 살아가고 있었다. 바카도 개인 경호원이 있었지만 언제 어디서 총알이 날아올 수 있었고, 조직의 보스인 에스코바르의 손에 죽임을 당할 수도 있었다.

바카는 미국에 에스코바르가 넘겨지면 메데인 카르텔은 빠르게 무너질 것으로 판단했다.

에스코바르 말고는 조직을 이끌어갈 인물이 없었다. 아니, 그럴 만한 인물을 에스코바르는 남겨두지 않았다.

그것이 메데인 카르텔의 몰락을 앞당기고 있었다.

"무슨 말인지 알겠습니다. 문제는 사람을 국외로 옮기는 것에 대해 준비를 갖추지 못했다는 것입니다. 지금 당장은 가능하다는 말을 해줄 수 없겠습니다."

"그럼, 1억 달러를 드리겠습니다."

바카는 내 말에 다급한 표정으로 말했다. 콜롬비아를 벗어나지 못하면 바카가 가지고 있는 돈도 아무런 소용이 없었다.

"돈이 문제가 아닙니다. 자칫 러시아로 운반하는 물건에도 문제가 생길 수 있습니다. 방법을 모색해 볼 테니까, 기다려 주십시오."

"제가 스위스 비밀 금고에 들어 있는 계좌의 비밀번호를 알아 오겠습니다. 그럼 러시아로 운반하는 물건보다 제가더 값진 사람이 될 것입니다."

바카는 절실했다. 지금은 돈이 문제가 아니었다.

"절 힘들게 하시는군요."

바카와 그의 가족들을 국외로 탈출시키려면 결국 러시아 정부의 부레야 호를 이용해야 했다.

문제는 미국의 DEA(마약국)와 FBI가 바카도 목표로 삼고 있다는 것이다.

잘못하면 부레야 호가 콜롬비아를 떠나지 못할 수도 있었고, 자칫 외교적인 분쟁으로 이어져 미국에서의 사업도 문제가 될 수 있었다.

"비밀 계좌에 들어 있는 돈의 절반을 드리겠습니다."

바카는 내 말에 곧바로 다른 조건을 제시했다.

"차라리 미국에 협조하는 것이 어떻겠습니까?"

나 또한 돈을 떠나 너무 큰 위험을 감수할 수는 없었다.

"그건 휘발유를 뒤집어쓰고 불에 뛰어드는 거와 마찬가지입니다. 저희를 쫓는 DEA와 FBI에도 조직에 협조하는 인물이 있습니다. 그 인물이 누구인지는 보스 외에는 아무도 모릅니다. 제가 협조했다는 소식이 보스에게 전해지는 것은 한순간입니다. 제일 먼저 제 가족이 살해될 것입니다."

에스코바르가 수많은 범죄를 저질러도 건재할 수 있었던 것도 엄청난 자금력을 바탕으로 콜롬비아의 경찰, 정치인, 군인들에게 뇌물을 뿌렸기 때문이다. 거기에 협조하지 않은 인물들을 향해서는 무차별 암살을 자행했다.

미국의 DEA와 FBI에도 협력자가 있다는 사실은 놀라운 이야기였다.

'심각한 수준이구나. 이걸 어떤 방법으로……'

아무리 러시아 정부의 화물선이라고 해도 물건이 아닌 사람을 실어 나른다는 것은 쉬운 일이 아니었다. 더구나 어린아이가 포함되었기에 더더욱 어려웠다.

콜롬비아를 떠나 부레야 호가 공해상으로 무사히 나간다 해도 미국의 추적을 받을 수 있었다.

"비밀번호를 어떻게 입수할 생각입니까?"

스위스 비밀 계좌의 돈이 들어 있어도 비밀번호를 모르면 무용지물이었다.

"DEA와 FBI는 저희 자금을 추적하여 이미 미국 내 자산을 모두 동결시켰습니다. 올해부터 콜롬비아도 마찬가지가 되었고요. 안전한 것은 조직 내 비밀 금고에 들어 있는 돈과 스위스 비밀 계좌뿐입니다. 저희가 거래하는 스위스 은행에서보다 안전한 다른 스위스 은행으로 옮겨야겠다는 말을 보스에게 할 것입니다. 그와 관련된 스위스 은행의 협조 공문을 제가 미리 만들어놨습니다. 보스가 제 말을 믿을 수 있게 말입니다."

미국의 DEA에서 메데인 카르텔의 자금 추적을 위해 스위스 은행에 협조를 부탁했지만, 스위스는 이에 응하지 않았다.

바카는 이 사실을 에스코바르에게 전하여 은행을 바꾸게 할 생각인 것이다.

한마디로 의심이 많은 그에게 불안감을 조성해서 말이다.

"그렇다고 해도 에스코바르가 비밀번호를 알려주겠습니까?"

"물론 비밀번호를 말할 때 저는 자리를 벗어나야 합니다.

하지만 제 서류 가방은 놔두고 나올 수 있습니다. 서류 가방 안에 녹음기를 설치하면 비밀번호를 알아낼 수 있습니다."

바카는 이미 계획을 세워두고 있었다.

"한데 감옥은 미국에 의해 도청이 되고 있지 않습니까?"

"물론입니다. 그래서 감옥에서 얼마 떨어지지 않은 마을에 외부와 연락할 수 있는 장소를 마련해 두었습니다."

미국과 콜롬비아의 감시를 대비해 마련해 둔 외부 연락처는 중대한 상황이 발생했을 때 이용하는 곳으로 단 한 번만 이용하고 폐기한다.

"에스코바르가 감옥을 나온다는 말입니까?"

스위스 은행과 연락을 취하려면 감옥을 벗어나야만 했다.

"하하! 보스는 지금이라도 감옥에서 걸어 나올 수 있습니다. 미국 때문에 스스로 감옥에 들어간 것뿐입니다."

"알겠습니다. 최선을 다해서 방법을 찾아보겠습니다."

"저는 내일 보스를 만나러 갈 것입니다. 지금의 상황이라면 보스도 제 말을 믿어줄 것입니다. 하지만 일을 벌인 후 당장 콜롬비아를 떠나야만 제가 살 수 있습니다. 보스는 무척이나 의심이 많은 사람이니까요."

바카는 오랜 시간 동안 에스코바르와 함께할 일할 수 없다는 것을 잘 알고 있었다.

지금까지 조직의 자금을 관리했던 인물들 모두가 경찰이 아닌 에스코바르에게 죽임을 당했다는 걸 바카는 잘 알고 있었다.

"시간이 얼마 없군요."

"예, 보스는 내일이라도 당장 감옥을 떠날 태세입니다. 보스가 감옥을 벗어나면 일을 벌일 수가 없습니다."

실제로 에스코바르가 감옥을 벗어난 후, 그를 찾기 위해 미국특수전사령부의 네이비실과 델타포스 등 미국 특수부대와 콜롬비아 경찰 특수부대인 서치 블락(Search Bloc), 자경단인 로스 페페스 등 2천여 명이 동원됐다.

콜롬비아 경찰 특수부대 서치 블락은 미 육군 특수부대가 훈련을 시켰다. 서치 블락의 구성원은 메데인 카르텔에게 살해당한 가족이 있는 인물들이었고, 이 때문에 뇌물이 통하지 않았다.

미국과 콜롬비아가 에스코바르를 잡기 위해 얼마나 많은 노력을 했는지 알 수 있게 해주는 일화다.

"알겠습니다, 오늘 당장 방법을 모색하도록 하겠습니다. 가족들의 안전을 내 이름을 걸고 책임지겠습니다."

내 말에 바카의 표정이 환하게 변했다. 그는 샤샤 때문에 나에 대해 잘 알고 있었다.

나를 끌어들인 것이 바로 카를로스 바카였다.

카를로스 바카가 돌아간 후 난 고민에 빠질 수밖에 없었다.

바카와 가족들을 콜롬비아 밖으로 벗어나게 하는 것은 쉬운 일이 아니었다.

남미의 다른 나라로 몸을 숨긴다는 것은 콜롬비아에 있는 거와 별반 다르지 않았다.

에스코바르가 바카에게 현상금을 걸면 남미에 있는 범죄 조직들이 벌떼처럼 달려들 것이다.

바카가 원하는 것처럼 콜롬비아를 떠나 다른 대륙으로 이동하는 것이 가장 안전한 방법이었다.

"음, 미국의 감시가 문제인데……."

바카와 그의 가족들을 안전하게 러시아로 데려가려면 결국 부레야 호를 이용할 수밖에는 없었다.

문제는 미국의 CIA까지 메데인 카르텔을 와해시키기 위해 참여했다는 것이다. 그렇게 되면 미국의 첩보 위성까지 동원될 수 있다는 말이었다.

미국은 남미의 어느 나라보다 콜롬비아에 정보력을 집중하고 있었다.

바카가 사라지면 분명 그의 동선을 추적할 것이고 얼마 가지 못해 움직임이 파악될 수 있었다.

바카와 가족들이 부레야 호에 승선했다는 확신이 들면 미국의 정보 당국은 러시아 정부의 화물선이라고 해도 부레야 호를 분명 세울 것이다.

"방법을 찾아야 하는데……."

뚜렷한 방법이 떠오르지 않았다. 나에게 주어진 시간은 단 이틀뿐이었다.

*　　　*　　　*

바카는 긴장하지 않을 수가 없었다.

스위스 UBS은행의 공문을 위조하여 준비까지 마쳤지만, 바카의 불안감은 가시지 않았다.

에스코바르가 자신을 신뢰하고 있지만, 그 신뢰가 오래 가지 않는다는 것을 바카는 잘 알고 있었다.

에스코바르가 수감된 개인 감옥은 어수선했다. 이미 에스코바르에게도 미국으로의 송환 정보가 전해진 것이다.

"개보다 못한 놈들이 날 미국으로 팔아넘겨!"

에스코바르는 심하게 흥분한 상태였다.

지금 수용된 감옥을 떠나서 콜롬비아의 일반적인 감옥으로 이송해야만 했다.

일반 감옥에 수용되면 그는 지금처럼 생활할 수 없을 뿐만 아니라 즉각적으로 미국으로 송환된다.

우당탕!

고래고래 소리를 지르며 방 안의 물건을 집어 던지는 에스코바르에게 그 누구도 말을 붙이지 못했다.

이런 날 에스코바르에게 잘못 보였다가는 목숨까지도 위태로울 수 있었다.

꿀꺽!

방문 밖으로 들려오는 소리에 바카는 자신도 모르게 침을 삼킬 수밖에 없었다.

방문을 두드리려는 찰나 문이 열렸다. 그리고 에스코바르의 경호 책임자인 호세가 이마를 부여잡고 나왔다.

손으로 부여잡고 있는 그의 이마에서는 피가 흘러내리고 있었다.

호세가 바카를 보자 고개를 좌우로 흔들었다. 날이 아니라는 표시였다.

"보스의 화를 돋우는 이야기라면 하지 않는 것이 신상에 좋을 거야."

호세가 바카의 어깨를 두드리며 아래층으로 향했다.

'후! 피할 수 없는 일이야.'

열린 문을 통해 바카가 방 안으로 들어가자 안쪽은 엉망이었다.

벽에 술병을 던졌는지 깨진 유리 조각들이 바닥에 나뒹굴고 있었고, 장식장의 유리들도 모두 깨져 있었다.

"뭐냐?"

에스코바르가 바카를 보자마자 신경질적으로 반응했다.

"스위스 은행의 자금을 옮겨야 할 것 같습니다."

바카는 들고 간 서류 가방에서 서류를 꺼내 에스코바르에게 내밀었다.

"이게 뭔데?"

"스위스 UBS은행에서 보내온 공문입니다. 미국이 은행에 압력을 행사하는 것 같습니다."

"스위스 은행은 미국도 건드리지 못하잖아?"

에스코바르는 짜증 섞인 목소리로 바카가 건넨 서류를 살폈다.

"지금까지는 그랬습니다. 하지만 앞으로는 어떻게 될지 모르는 상황입니다."

"그래서 어떻게 하자는 거냐?"

에스코바르는 바카가 건넨 서류를 제대로 살피지 않았다. 머리가 복잡한 지금 서류가 눈에 들어오지 않은 것이다.

"스위스 중앙은행으로 자금을 옮겨놓는 것이 더 안전할 것 같습니다."

"같은 스위스 은행이 아닌가?"

"스위스 중앙은행의 비밀계좌는 더 안전합니다."

사실 스위스 은행들 모두 스위스의 은행 비밀법에 따라 금융 정보를 외부로 공개하거나 제공하지 않았다.

은행의 규모 차이는 있어도 비밀성과 안전성에는 차이가 없었다.

"미국 놈들이 작정을 했어. 어떻게 하면 되는 거냐?"

에스코바르는 바카의 말을 의심하지 않았다. 미국이 자신을 몰락시키기 위해 수단과 방법을 가리지 않는 것으로 여겨졌다.

"스위스로 연락을 취해 자금을 옮겨야 합니다. 그러기 위해서는 비밀 통신을 사용해야 할 것 같습니다."

"그래야겠군. 호세에게 준비하라고 전해."

에스코바르는 바카를 전혀 의심하지 않았다. 주변 정황이 바카의 말을 그럴듯하게 만들어준 것이다.

에스코바르는 몇 명의 경호원만을 대동한 채 감옥에서 차로 20분 거리에 있는 마을에 도착했다.

그러고는 마을 입구에서 얼마 떨어지지 않은 집으로 들어갔다.

에스코바르와 바카가 나타나자 집주인은 아무 말 없이 집 밖으로 나갔다.

에스코바르가 방 안에 있는 테이블 옆 상자에서 전화기를 집어 들었다.

전화선이 연결되지 않은 전화기였지만 창밖에 있는 조직원이 전화선을 넘겨주었다.

전화선을 전화기에 연결하지 신호음이 잡혔다.

"스위스로 전화해."

에스코바르의 말에 바카는 서류 가방을 열어 전화번호가 적혀 있는 수첩을 꺼냈다.

그러면서 서류 가방에 들어 있던 녹음기의 스위치를 작동시켰다.

수첩에 적힌 전화번호대로 전화기의 다이얼을 돌리자 연결음과 함께 곧바로 은행 직원의 목소리가 들려왔다.

"계좌에 있는 금액을 이체하려고 합니다. 예, 비밀계좌입니다."

바카는 영어로 사전에 만들어놓은 스위스 중앙은행의 계좌번호를 펼치며 말했다.

"비밀 계좌번호는……."

바카는 스위스 UBS은행과 중앙은행의 계좌번호를 연달아 불러주었다.

―모두 이체하는 것입니까?

"예, 모든 금액을 이체합니다."

―비밀번호를 말해주시길 바랍니다.

은행 직원의 말에 바카는 에스코바르에게 수화기를 넘겨주고 방 안에서 나왔다.

에스코바르의 부름에 다시 방 안으로 들어갔다.

이체가 끝이 나자 다시금 스위스 중앙은행으로 전화를 걸었다.

새롭게 만든 비밀계좌의 비밀번호를 설정해야만 했다.

새로운 계좌로 금액이 이체된 걸 확인하는 비밀번호를 설정할 때 바카는 다시 에스코바르에게 수화기를 넘겨주고 밖으로 나갔다.

5분 뒤 에스코바르가 밖으로 나왔다.

그런데 에스코바르의 손에 바카의 서류 가방이 들려 있었다.

'녹음기를 본 걸까?'

바카는 에스코바르의 눈을 마주칠 수가 없었다. 심상이 뛰는 소리가 두 귀로 들릴 정도로 요동치고 있었다.

"이제야 안심이 되는군. 자! 가방을 잘 챙겨야지."

에스코바르는 바카에게 가방을 건네주었다. 그는 가방 안을 살펴보지 않은 것이다.

"예, 감사합니다."

바카는 고개를 숙이며 가방을 건네받았다. 그에게 운이

따르고 있었다.

"난 오늘 밤 메데인으로 출발할 것이다. 러시아로 보내는
자금을 처리하고 너도 메데인으로 넘어와라. 이제부터 날
배신한 놈들의 머리를 날려버릴 차례야."

메데인은 콜롬비아 제2의 도시로 서북부에 있는 안티오
키아 주의 주도이자 메데인 카르텔의 근거지였다.

파블로 에스코바르는 미국 내 코카인 유통량의 80%와 전
세계 유통량의 35%를 장악하여 번 돈으로 메데인의 주민들
에게 주택, 학교, 병원 등을 세워주면서 지지를 이끌어냈다.

그는 그곳에서 영웅으로 통하고 있었다.

"예, 일을 끝마치자마자 곧바로 이동하겠습니다."

"콜롬비아를 우리 것으로 만들어보자고."

에스코바르는 자체적인 반군 조직을 결성할 뿐만 아니라
콜롬비아 최대 반군 조직인 콜롬비아무장혁명군(FARC)을
지원하여 혼란을 일으키려고 계획하고 있었다.

"물론입니다. 우린 반드시 승리할 것입니다."

"하하하! 오늘따라 패기 넘치는 말을 하는군."

에스코바르는 바카의 말에 만족스러운 웃음을 보였다.
하지만 바카의 등줄기로는 쉴 새 없이 식은땀이 흘러내리
고 있었다.

＊　　　＊　　　＊

　태평양으로 나갈 수 있는 부에나벤뚜라(Buenaventura) 항구에 정박 중인 부레야 호는 러시아로 떠날 준비를 하고 있었다.

　부레야 호에 실리고 있는 물건들은 콜롬비아의 자랑인 커피 원두였다.

　수백 개의 커피 원두 포대들 안에는 100달러짜리 지폐들로 묶어놓은 돈뭉치가 들어 있었다.

　러시아로 보내는 금액은 수수료를 포함하여 33억 6천만 달러였다.

　원두 포대들이 화물 저장고 안에 채워지자 다시 그 위로 커피 원두로만 채워진 200개의 포대가 올려졌다.

　항구에서 늘 있는 모습을 연출하고 있는 러시아 정부 소속의 부레야 호를 의심하거나 관심을 두는 인물들은 없었다.

　출항을 빠르게 진행하려고 항구를 관리하는 콜롬비아 항만 공무원들에게도 뇌물을 줬다.

　준비했던 물건들이 모두 부레야 호에 실렸다. 이제 바카와 그의 가족들이 승선하면 끝나는 일이었다.

　"시간이 다 되어가는데요."

　티토브 정이 시계를 보며 말했다. 약속된 시간이 다 되어

가는데도 바카가 모습을 보이지 않았다.

"조금만 더 기다려 보지."

출발 시각이 5분 정도 지났을 때였다.

우리 쪽으로 급하게 화물차 하나가 달려오고 있었다. 빠르게 달려온 화물차에서 기다리던 바카가 내렸다.

바카가 차에서 내리자마자 화물칸을 열어 그의 아내와 아들딸을 화물칸에서 꺼냈다.

"늦어서 미안합니다. 미행이 붙어 따돌리느라 늦었습니다. 미행하는 게 조직의 인물인지, 아니면 마약국인지 모르겠습니다."

바카는 태연한 척했지만, 눈동자는 불안함을 감추지 못했다.

"어서 타십시오."

바카는 내 말에 가족들과 급하게 부레야 호에 승선했다.

나와 티토브 정 또한 부레야 호에 함께 올라섰다. 바카의 가족들과 배에 실린 물건들을 무사히 러시아로 옮기기 위해서였다.

우리가 배에 올라타자마자 부레야 호는 서서히 부에나벤뚜라 항구를 벗어나기 시작했다.

* * *

"예상대로 에스코바르가 탈출해 메데인으로 향했습니다."

감옥을 감시하던 DEA(마약단속국) 요원의 말이었다. 그는 이미 에스코바르의 탈출을 예상하고 있었다.

"바카는?"

DEA 요원의 보고를 받는 인물은 콜롬비아 메데인 카르텔의 총책임자인 다이슨 중령이었다.

그는 CIA와 함께 비밀 작전을 수행 중이었다.

"미행을 붙였는데 중간에 놓쳐 추적 중입니다. 예상 행로를 봐서는 부에나벤뚜라로 향한 것 같습니다. 에스코바르와 달리 바카는 콜롬비아를 벗어나려고 하는 것 같습니다."

"에스코바르도 중요하지만 바카를 잡아야 메데인 카르텔의 자금의 행방을 알 수 있어. 요원들을 더 파견해서라도 꼭 잡아야 할 인물이야."

바카가 메데인 카르텔의 자금을 담당하고 있다는 것은 최근에 파악한 정보였다.

"예비 대원들 모두 부에나벤뚜라로 보내겠습니다."

미국은 마약 조직을 핑계 삼아 남미의 여러 국가를 장악하고 통제하기 위한 작전을 펼치고 있었다.

더욱이 마약 조직과의 전쟁을 지원한다는 구실로 군사

지원을 진행하여 남미 각국의 군부와 긴밀한 관계를 유지, 발전해 나가고 있었다.

하지만 이러한 군사 지원으로 인해 오히려 군부와 반군 간의 전투와 폭력 사태는 더욱 격화되었고, 그로 인해 남미 각국의 공권력은 무기력해져 갔다.

더 나아가 마약 전쟁을 빌미로 한 직접적인 군사개입과 내정간섭을 통해 남미 국가들에 대한 미국의 영향력을 더욱 증대시키고 있었다.

"후후! 바카를 잡으면 이번 작전은 큰 성공이야."

미국의 CIA와 다이슨 중령이 노리는 것은 에스코바르가 아닌 메데인 카르텔의 자금이었다.

현재 미국은 콜롬비아 정부의 허락도 없이 콜롬비아 영해로 미국 함대를 내려 보내고 있었다.

『변혁1990』 21권에 계속…

초대형 24시 만화방

신간 100%, 샤워실, 흡연실, 수면실(침대석), 커플석, 세탁기 완비

■ 강북 노원역점 ■

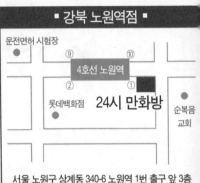

서울 노원구 상계동 340-6 노원역 1번 출구 앞 3층
02) 951-8324 (화용빌딩 3층)

■ 일산 정발산역점 ■

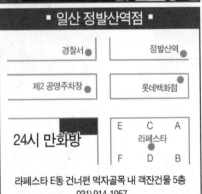

라페스타 E동 건너편 먹자골목 내 객잔건물 5층
031) 914-1957

■ 일산 화정역점 ■

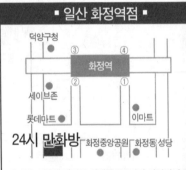

경기도 고양시 덕양구 화정동 984번지 서일빌딩 7층
031) 979-4874 (서일사우나 건물 7층)

■ 부천 역곡역점 ■

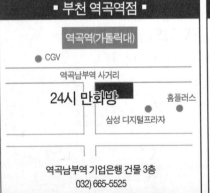

역곡남부역 기업은행 건물 3층
032) 665-5525

■ 부평역점 ■

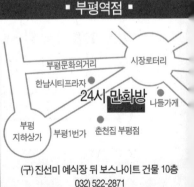

(구) 진선미 예식장 뒤 보스나이트 건물 10층
032) 522-2871

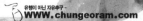

이계진입
리로디드

임경배 퓨전 판타지 소설

FUSION FANTASTIC STORY

『권왕전생』임경배의 2015년 신작!

『이계진입 리로디드』

왕의 심장이 불타 사라질 때,
현세의 운명을 초월한 존재가 이 땅에 강림하리라!

폭군으로부터 이세계를 구원한 지구인 소년 성시한.
부와 명예, 아름다운 연인…
해피엔딩으로 이야기는 끝인 줄 알았건만
그 대가는 지구로의 무참한 추방이었다.
그리고 10년 후……

"내가 돌아왔다! 이 개자식들아!"

한 번 세상을 구한 영웅의 이계 '재' 진입 이야기!

Book Publishing CHUNGEORAM

유행이 아닌 자유추구
WWW. chungeoram.com

박선우 장편소설
FUSION FANTASTIC STORY

멋진 인생
Wonderful Life

태어나며 손에 쥔 것이라고는 가난뿐.

그러나 내게는 온몸을 불사를 열정과
목숨처럼 소중한 사랑이 있었다.

『멋진 인생』

모두가 우러러보는 최고의 직장이자 가장 치열한 전쟁터,
천하그룹!

승진에 삶을 바친 야수들의 세계에서 우뚝 서게 되는
박강호의 치열하지만 낭만적인 이야기!

Book Publishing CHUNGEORAM

유행이 아닌 자유추구 —
WWW.chungeoram.com

궁극의 쉐프

Ultimate chef

가프 장편소설

FUSION FANTASTIC STORY

태초의 우물에서 찾은 사막의 기적.
사람의 식성과 식욕을 색으로 읽어내는 능력은
요리의 차원을 한 단계 드높인다.

『궁극의 쉐프』

요리란!
접시 위에 자신의 모든 것을 담아내는 것.

쉐프란!
그 요리에 자신의 가치를 증명하는 사람.

"요리 하나로 사람의 운명도 좌우할 수 있습니다."

혀를 위한 요리가 아닌, 마음을 돌보는 요리를 꿈꾸는
궁극의 쉐프 손장태의 여정이 시작된다!

Book Publishing CHUNGEORAM

유행이 아닌 자유추구 -
WWW. chungeoram.com

철순 장편소설

FUSION FANTASTIC STORY

괴물 포식자

지구 곳곳에 나타난 차원의 균열.
그것은 인류에게 종말을 고하는 신호탄이었다.

『괴물 포식자』

괴물을 먹어치우며 성장한 지구 최강의 사내, 신혁돈.
그는 자신의 힘을 두려워한 인류에 의해
인류의 배신자라는 낙인이 찍히고 죽게 되는데…

[잠식이 100%에 달했습니다.]
[히든 피스! 잠들어 있던 피닉스의 심장이 깨어납니다.]

불사의 괴물, 피닉스의 심장은
신혁돈을 15년 전으로 회귀하게 한다.

먹어라! 그리고 강해져라!
괴물 포식자 신혁돈의 전설이 시작된다!

Book Publishing CHUNGEORAM